사랑 사랑
내 사랑이야

사랑 사랑 내 사랑이야

개정판 1쇄 펴낸날 · 2014년 1월 15일
개정판 6쇄 펴낸날 · 2020년 3월 20일

풀어쓴이 · 임정아 | 그린이 · 이지은
기획 · <국어시간에 고전읽기> 기획위원회, 간텍스트
펴낸이 · 김종필
편집장 · 나익수

디자인 · 간텍스트 | 아트디렉터 · 조주연, 남정 | 디자이너 · 김유나, 천병민 | BI 디자인 · 김형건

종이 · (주)한솔PNS 강승우
출고, 반품 · (주)문화유통북스 박병례, 윤영매, 임금순

펴낸곳 · (주)도서출판 나라말
출판등록 · 제25100-2017-000044호
주소 · 03421 서울시 은평구 역촌동 83-25 정라실크텔 603호
전화 · 02-332-1446 | 전송 · 0303-0943-3110 | 전자우편 · naramalbooks@hanmail.net

ⓒ 임정아 · 이지은, 2014

값 · 13,000원

ISBN 978-89-97981-14-4 44810
      978-89-97981-00-7 (세트)

＊이 책의 국립중앙도서관 출판시도서목록(CIP)은 서지정보유통지원시스템 홈페이지(http://seoji.nl.go.kr)와
   국가자료공동목록시스템(http://www.nl.go.kr/kolisnet)에서 이용하실 수 있습니다.(CIP제어번호: CIP2013024205)
＊이 책에 실린 사진 자료 가운데 저작권자를 찾지 못해 허락 없이 실은 것이 있습니다.
   해당 자료의 저작권자를 찾는 데 도움을 주실 분은 '도서출판 나라말'로 연락해 주십시오.
＊잘못된 책은 바꾸어 드립니다.

사랑 사랑 내 사랑이야

나라말

사랑 사랑 내 사랑이야 동정호 칠백 리

　　　달빛 아래 무산처럼 높은 사랑 가없는 수평선에

　　하늘 같고 바다 같이 깊은 사랑 옥산의 달 밝은 밤

가을산 봉우리마다 비친 달 같은 사랑

사랑 사랑 내 사랑이야

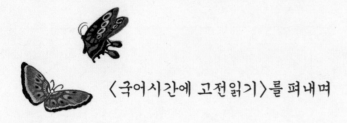

〈국어시간에 고전읽기〉를 펴내며

『춘향전』은 '어사출두요!' 하는 장면. 『구운몽』은 성진이 꿈에서 깨어나는 장면.

거기서 끝이 나 버린다. 교과서는 지면의 한계가 있고 수업은 진도에 쫓기다 보니 국어 시간에 읽는 고전은 그렇게 끝나 버리는 경우가 많았다. 춘향이를 보고 첫눈에 반한 이몽룡이 얼마나 안절부절못했는지, 한양으로 떠나는 이몽룡을 붙들고 춘향이가 얼마나 서럽게 울었는지 모른 채 『춘향전』의 주제는 '신분을 초월한 사랑을 통해 드러나는 인간 해방 사상'이라고 가르치고 배웠다. 내가 성진이 되어 양소유로 환생한다면 어떤 근사한 삶을 살아 보고 싶은지 상상의 나래를 펼쳐 볼 기회도 없이 『구운몽』은 '몽유 구조라는 전통적인 액자 형식'으로 되어 있다고 가르치고 배웠다.

이제는 국어 시간에 제대로 고전을 읽어 볼 수 있었으면 좋겠다. 제대로 읽으려면 어떻게 해야 할까? 낯설고 어려운 옛말을 현대어로 풀이하고 밑줄을 그으며 분석하는 데만 골몰할 것이 아니라, 먼저 이야기 자체에 푹 빠져 보는 것이다. 고전은 오랫동안 많은 사람들에게 감명을 주며 오늘날까지 전해져 온 유산이기에 시간과 공간을 초월하여 즐거움과 깨달음을 전해 주는 보편성을 가지고 있다. 한편으로는 오늘날의 삶이 아닌 과거의 삶에서 피어난 이야기이기에 현대인이 경험해 보지 못한 새로운 세계를 펼쳐 보여 주는 특수성도 가지고 있다. 그러므로 고전은 어렵고 낯설고 지

루한 것이 아니라, 즐겁고 신선하고 지혜로 가득 찬 것이라 할 수 있다.

대문호 셰익스피어의 작품들은 영국의 고전을 넘어서서 세계의 고전으로 칭송받고 있다. 영국에서는 그런 셰익스피어의 작품들이 널리 읽힐 수 있도록 옛말로 쓰인 원작을 청소년들이 읽을 수 있는 쉬운 현대어로, 어린 아이도 읽을 수 있는 아주 쉬운 동화로 거듭 번역해서 내놓는다. 그리하여 셰익스피어의 작품들은 책이나 연극으로는 물론 만화로도, 영화로도, 드라마로도 계속해서 다시 태어나고 있다.

그런 희망을 담아 〈국어시간에 고전읽기〉를 펴낸다. 우리 고전을 사랑하는 사람들의 손을 거쳐 벌써 여러 작품이 새롭게 태어났다. 고전의 품위를 훼손하지 않으면서도 청소년들이 어렵지 않게 이해할 수 있는 말을 골라 옮겼고, 딱딱한 고전이 아니라 한 편의 아름다운 이야기로 독자들에게 다가가기 위해 새로운 제목을 붙였으며, 그 속에 녹아 있는 감성을 한층 더 생생하게 전할 수 있도록 정성스러운 그림들로 곱게 꾸몄다. 또한 고전의 세계를 여행하는 데 도움을 줄 '이야기 속 이야기'도 덧붙였다.

〈국어시간에 고전읽기〉와 함께 국어 시간이 고전의 바다에 풍덩 빠져 진주를 건져 올리는 시간이 되기를 바란다.

〈국어시간에 고전읽기〉 기획위원회

『춘향전』을 읽기 전에

우리나라 사람치고 「춘향전」을 모르는 사람은 없을 것입니다. 「홍길동전」과 더불어 '국민소설'이라 할 수 있는 「춘향전」. 그런데 참 이상하게도 이 「춘향전」을 처음부터 끝까지 다 읽어 본 사람은 그리 많지 않습니다. 왜 그런 걸까요? 그건 아마도 「춘향전」이 그동안 판소리뿐 아니라 영화, 뮤지컬, 오페라, 드라마, 무용, 만화 등으로 수없이 재창조되어 우리 옆에 친숙히 다가왔던 까닭에 굳이 소설을 읽지 않아도 어떤 이야기인 줄 다 알고 있어서일 것입니다.

그런데 「춘향전」은 단순히 내용만 재미있고 통쾌한 소설이 아니라 글 읽는 맛을 제대로 느끼게 해 주는 작품입니다. 등장인물들의 해학적이고 감칠맛 나는 대사는 우리말의 아름다움과 즐거움을 동시에 느낄 수 있게 하고, 작품 곳곳에서 적절하게 활용된 한시와 중국 고사들도 책 읽는 재미를 키우고 있습니다. 거기다 생동감 넘치는 갖가지 캐릭터들이 변화무쌍하게 등장했다 사라지곤 합니다.

「춘향전」의 글 읽는 맛이 잘 드러난 대목 중 하나가 바로 춘향이와 이 도령의 첫날밤 장면입니다. 이 장면은 내용만 보면 19금 판정을 받을 정도로 노골적입니다. 그런데 실제 책을 읽다 보면 그런 생각이 전혀 들지 않습니다. 곳곳에 성적인 표현들이 많이 들어 있지만 비유적 표현과 해학성 때문에 외설스럽다고 느끼는 대신 즐겁게 웃어넘길 수 있는 것입니다. 그것이 바로 국민소설 「춘향전」의 힘이겠지요.

「춘향전」의 이본은 무려 백여 종이 넘으며 판본으로는 1754년 유진한의 '한시본'을 비롯하여 경판본, 안성채본, 완판본, 고대본, 일사본, 신재효본 등이 있습니다. 이 책은 여러 이본들 중에서도 특히 많이 알려진 '완판본'과 '경판본'을 통합하여 썼습니다. 각자의 판본들이 지니고 있는 독특한 멋과 재미를 잃고 싶지 않아서입니다.

조선 시대에 완산(전주의 옛 이름)에서 펴낸 책들을 '완판본'이라고 하는데, 완판본은 전라도 사투리를 그대로 살렸을 뿐 아니라 긴 묘사로 내용이 풍부하다는 장점이 있습니다. 독자층이 주로 서민 계층이었기 때문에 작품 속에 서민 의식이 반영되었다는 특징도 있고요. '경판본'은 서울에서 펴낸 책들을 말하는데, 상업적 성격이 강하며 완판본에 비해 분량이 짧고 문장이 간결합니다. '열녀춘향수절가'로 이름 붙은 완판본이 완판 84장본인 데 견주어 '춘향전'으로 이름 붙은 경판본이 35장본에 불과하다는 것을 보면 그 사실을 잘 알 수 있습니다.

널리 알려진 줄거리 중심으로만 가는 대신, 그 시절의 풍습이며 음식물, 집안 꾸밈에 대해 세세하게 묘사하였고, 인물들의 심리도 자세히 그리도록 애썼습니다. 우리의 「춘향전」을 소설로 읽어야만 맛볼 수 있는 '글의 묘미'를 살리는 데 치중했답니다. 자, 이제 「춘향전」의 줄거리만 안다고 그냥 넘어갈 게 아니라 작품 전체를 제대로 한번 읽어 보아야 하겠지요?

2014년 1월

임정아

이야기 차례

●●● 〈국어시간에 고전읽기〉에는 이야기의 재미와 이해를 돕기 위한 '이야기 속 이야기'가 함께합니다.

사랑 사랑
내 사랑이야

어여쁜 춘향,
태어나다

오래 전 숙종 대왕 시절 일이다.

숙종 임금은 중국의 태평성대를 이끌었던 요순 임금만큼이나 덕이 뛰어나 백성들의 칭찬이 자자하였다. 왕이 모범을 보여 정치를 잘하니 신하들도 왕을 본받고, 나라는 충신과 효자 열녀로 가득하였다. 농사짓기 좋도록 비바람까지 순조로웠으니, 태평성대를 찬양하는 농부들의 노랫소리가 마을마다 울려 퍼지지 않는 곳이 없었다.

이때 전라도 남원 땅에 월매라는 기생이 살고 있었다. 삼남에서 그 이름을 모르는 사람이 없을 정도로 유명했던 월매는 한양에서 온 성 참판의 첩이 되어 기생 일을 그만두고 착실하게 살아가고 있었다. 허나 나이 마흔이 되도록 슬하에 자식 없는 것이 근심이었다. 어느 날 월매가 성 참판한테 공손히 말하였다.

"전생의 귀한 인연으로 이생에서 낭군을 만나 부부의 연을 맺고, 기생 노릇도 다 버린 채 단정하게 살아왔습니다. 헌데 무슨 죄가 커서 우리에게 자식 하나 없으니, 일가친척 하나 없는 우리 신세 앞으로 조상 제사는 누가 받들며 장례는 누가 지낸단 말입니까? 이름난 산과 절을 찾아 치성을 드리고 복을 빌어 아들이든 딸이든 하나만 낳게 되면 평생의 한을 풀겠나이다. 낭군의 뜻은 어떠하신지요?"

성 참판 하는 말이,

"우리 신세 생각하면 자네 말이 당연하나 빌어서 다 자식을 얻는다면 자식 없는 사람이 어디 있겠소?"

성 참판이 마뜩찮게 대답하였으나 월매는 고집을 굽히지 않았다.

"천하의 성인이신 공자님도 그 어머니가 이구산에서 기도드린 끝에 태어났고, 정나라의 자산은 우형산에서 빌어 나셨다 하오니, 우리 땅엔들 명산대찰 없으리까. 경상도 웅천 땅의 주천의란 사람도 늙도록 자식이 없다가 최고봉에 빌어 명나라 천자가 태어났다지 않소. 정성을 드리면 하늘도 감동할 것이니 기도나 드리러 가 봅시다."

∞ 요순(堯舜) ― 고대 중국의 요임금과 순임금을 아울러 이르는 말.
∞ 삼남(三南) ― 충청도, 전라도, 경상도 세 지방을 통틀어 이르는 말.
∞ 자산(子産) ― 중국 춘추 시대 정나라의 정치가.
∞ 명산대찰(名山大刹) ― 이름난 산과 큰 절.

공든 탑이 무너지고 정성들여 심은 나무가 꺾일 리 있으랴. 성 참판도 결국 월매의 간청을 못 이겨 승낙하니, 이날부터 두 부부는 정갈하게 목욕하고 이름난 산과 경치 좋은 곳을 찾아 나서는데, 오작교 썩 나서서 좌우 산천 둘러보니, 서북의 교룡산은 서북쪽을 막아서고, 동쪽으로는 장림 수풀 깊은 곳에 선원사 은은히 보이고, 남으로는 지리산이 웅장한데, 그 가운데 요천의 긴 강물이 푸른 물결 되어 동남으로 둘렀으니, 천하의 명산이로다. 수풀을 끌어 잡고, 산수를 밟아 들어가니 지리산이 여기로다. 반야봉 올라서서 사방을 둘러보니 명산대천이 뚜렷하다. 부부는 제단을 쌓고 제물을 올린 다음 정성껏 빌고 또 빌었으니, 이날이 바로 오월 오일 갑자라 시절 또한 좋았다.

산신령이 감동하였는지 월매가 그날 밤 꿈을 얻었으니, 신비로운 기운이 공중에 감돌고 오색빛이 하늘 가득 영롱한 가운데 한 선녀가 학을 타고 너울너울 내려오는데, 갖은 보석으로 장식한 관을 쓰고, 빛깔 고운 옷을 입고, 달 같은 옥 노리개는 서로 부딪혀 맑게 쟁그랑거린다. 향기로운 계수나무 한 가지를 손에 든 선녀는 월매 앞에 이르더니 공손히 머리를 조아렸다.

"소녀는 낙포의 딸이온데 옥황상제께 천도복숭아를 바치러 갔다가 광한전에서 적송자를 만나 즐거운 시간을 보내다 그만 때를 놓치고 말았습니다. 그 죄로 옥황상제께서 노하시어 소녀를 속세로 내쫓으시매 갈 길 몰랐더니, 지리산 신령께서 부인 댁으로 가라 하시매 이렇게 왔나이다. 어여삐 여겨 주소서."

이러면서 월매 품으로 와락 달려드는 것이 아닌가. 놀라 꿈에서 깨어난 월매는 겨우 정신을 가다듬고 성 참판 앞으로 나아갔다.

둘이서 꿈 이야기를 나누며 함께 즐거이 아들 낳기를 기다리니, 과연 그달부터 태기가 있었다. 열 달이 지난 어느 날, 향기가 방 안에 가득하고 상서로운 구름이 온 집안을 뒤덮은 가운데 성 참판 집에서는 한 여자아이가 태어났다. 비록 기다리던 아들 아닌 것이 조금 서운하기는 하였으나, 얼마나 손꼽아 기다리고 기다리던 자식이던가.

귀하고 귀한 딸에게 '춘향(春香)'이란 이름을 지어 주고 금이야 옥이야 길러 내니, 춘향은 효행이 지극할 뿐 아니라 성품이 어질고 자애롭기가 기린과 같았다. 일고여덟 살이 되니 책읽기를 즐겨하며 예의가 반듯하니 춘향을 칭찬하지 않는 이가 없더라.

∞ **낙포(洛浦)의 딸** — 낙포는 낙수(洛水)로, 낙수의 여신인 '복비(宓妃)'를 이른다. 전설에 복희씨(伏羲氏)의 딸 복비가 낙수를 건너다 물에 빠져 죽어 신선이 되었다고 한다.
∞ **적송자(赤松子)** — 신농씨 때에, 비를 다스렸다는 신선의 이름.
∞ **태기(胎氣)** — 아이를 밴 기미.
∞ **기린(麒麟)** — 예로부터 기린은 어질고 착한 것의 상징이다. 전설에 성인이 나타나 임금이 될 때면 기린이 먼저 나타난다는 이야기가 있다.

이 도령,
광한루에 오르다

이때 서울 삼청동에 이한림이라 하는 양반이 살고 있으니, 대대로 명문 집안에 충신의 후손이라. 어느 날 임금이 『충효록』을 올려 보시고 문득 충신과 효자를 뽑아 벼슬을 내리기로 하셨다. 이 일로 이한림은 과천 현감에서 금산 군수로 옮겼다가 다시 남원 부사에 임명되었다. 이한림이 임금의 은혜에 감사하고 남원 땅에 내려와 어질게 잘 다스리니, 백성들은 살기 더욱 좋아지고 이한림에 대한 칭송도 널리 퍼져 나갔다. 마치 요순시절처럼 나라는 태평하고 백성들은 모두 편안하니, 이한림이 왜 이리 늦게야 남원 땅에 왔는지 모두가 애석해할 정도였다.

이때가 언제인가? 놀기 좋은 봄이로다. 수양버들 늘어진 가지에서는 꾀꼬리 지저귀고, 나뭇잎 연둣빛으로 빛나는 숲속에서 접동새 가지마다 날아다니며 짝짓기에 여념이 없으니 일 년 중 가장 아름다운 시절이었다. 화사한 꽃들 여기저기 지천으로 피어나 처녀 총각들의 들뜬 마음을 더욱 설레게 하니 정녕 놀기에 좋은 계절이로다.

이때 이 사또에게 아들이 있었으니 나이는 이팔이요, 풍채는 두목지라. 마음은 넓고 생각은 깊은데, 성격 또한 활달하다. 거기에 문장은 이태백이요, 글씨는 왕희지를 닮았으니 인재 중에 인재라 할 만하다.

어느 날, 책방에서 부모의 안부 묻는 일을 빼고는 온종일 공부에만 힘쓰던 이 도령에게도 봄기운이 스며들었던지 꽃구경을 가고 싶어 안달이 났다.

이 도령 글공부하다 말고 방자 불러 말씀하되,

"방자야, 이 마을에서 경치가 제일 좋은 곳이 어디냐? 내 맘속에 봄바람이 살랑살랑 부니 봄의 정취를 누리며 시를 짓고 싶구나. 구경할 만한 곳을 말해 보거라."

"아니, 글공부하시는 도련님이 경치는 찾아 뭐하겠소?"

이 도령의 속마음을 알면서도 방자는 일부러 삐딱하게 대꾸한다.

∞ 충효록(忠孝錄) — 충신과 효자의 행적을 기록한 책.

∞ 두목지(杜牧之) — 당나라 시인으로 이름은 두목(杜牧), 자가 '목지'이다. 외모가 잘생기기로 이름이 높았다.

∞ 왕희지(王羲之) — 중국 진나라의 서예가(307~365)로, 서예를 예술적 완성의 영역까지 끌어올렸다.

∞ 방자(房子) — 조선 시대에, 지방의 관아에서 심부름하던 남자 하인.

"이런 무식한 놈을 보았나? 예로부터 글 짓는 선비가 좋은 경치 구경하는 것은 글짓기의 기본이라. 옛날에 사마천이 배를 타고 도도한 강을 거슬러 올라가다가 미친 듯한 파도와 울부짖는 바람을 만난 적이 있는데, 그 뒤로 문장이 더욱 호방해진 것을 모르느냐? 옛 문인들도 가르치지 않았느냐? 천지 사이에서 일어나는 모든 만물의 변화 가운데 글이 안 되는 것이 없다고 말이다. 시인 중의 으뜸인 이태백은 채석강에서 노닐었고, 소동파는 적벽 가을 달빛 아래서 흥취를 누렸으며, 백낙천은 심양강 달 밝은 밤에 노닐었고, 우리나라 세조 대왕 또한 보은 속리산 문장대 아래서 노셨으니 우리라고 놀지 말란 법 있다더냐?"

이 도령이 이렇게 나오니 방자도 어찌하는 수 없어 사방 경치 좋은 곳을 주워섬기기 시작한다.

"서울로 말하자면 자하문 밖 내달아 칠성암, 청련암, 세검정 좋사옵고, 서울서 올라가면 평양의 연광정, 대동루, 모란봉이 좋습지요. 동쪽으로 치달으면 동해의 양양 낙산사, 남쪽으로 보은 속리산 문장대, 안의 수승대, 진주 촉석루, 밀양 영남루 빼어날지 몰라도, 전라도로 말하자면 태인 피향정, 무주 한풍루, 전주 한벽루가 좋다지만, 남원 경치 들으시오. 동문 밖으로 나가면 우거진 장림 숲 속에 선원사 그윽하니 좋고, 서문 밖으로 나가시면 옛날 영웅 관우의 위엄 서린 관양묘의 위풍이 대단하며, 남문 밖으로 나가시면 광한루, 오작교, 영주각이 좋고, 북문 밖에 나가시면 하늘 높이 기암괴석 우뚝 솟은 교룡산성 좋사오니 도련님 가시고 싶으신 대로 골라 가십시오."

"네 말 듣고 보니 광한루 오작교가 좋을 것 같구나. 거기로 봄나들이 가자."

이리하여 봄바람 타고 외출하는 이 도령 하는 짓이 재미있다. 먼저 사또 앞에 가서 공손히 여쭙기를,

"아버님, 오늘 날씨 이리도 화창하니 잠깐 바람이나 쐬면서 풍월도 읊조리고 시도 생각하면서 성을 한 바퀴 돌아볼까 하나이다."

아들의 속도 모르고 사또 크게 기뻐하며 허락한다.

"그래, 좋은 생각이로다. 남원 풍물도 구경하고 돌아와서 좋은 시를 한번 써 보거라."

"가르침대로 하오리다."

이 도령 대답하고 물러나와 급한 마음에 방자를 불러 일렀다.

"방자야, 빨리 나귀 안장 지어라."

방자 분부 듣고 안장을 지우는데 그 차림새 한번 호사롭다. 청실홍실 명주실로 짠 고운 굴레에 붉은 줄과 붉은 털로 화려하게 꾸민 말머리, 말다래 층층 달고, 은 입힌 등자에 호랑이 가죽으로 꾸민 방석이 화려한데, 앞뒤로는 줄방울을 염불하는 스님 염주 매듯 달았다.

∞ 적벽(赤壁) ― 중국 후베이 성(湖北省) 자위 현(嘉魚縣)에 있는 양쯔 강(揚子江) 남쪽 강가. 삼국 시대의 싸움터로 유명하다.

∞ 심양강(潯陽江) ― 중국 양쯔 강(揚子江)의 한 지류로, 장시 성(江西省) 북부, 주장(九江) 강 부근을 흐른다.

∞ 굴레 ― 말이나 소 따위를 부리기 위하여 머리와 목에서 고삐에 걸쳐 얽어매는 줄.

∞ 말다래 ― 말을 탄 사람의 옷에 흙이 튀지 아니하도록 가죽 같은 것을 말의 안장 양쪽에 늘어뜨려 놓은 기구.

∞ 등자(鐙子) ― 말을 타고 앉아 두 발로 디디게 되어 있는 물건. 안장에 달아 말의 양쪽 옆구리로 늘어뜨린다.

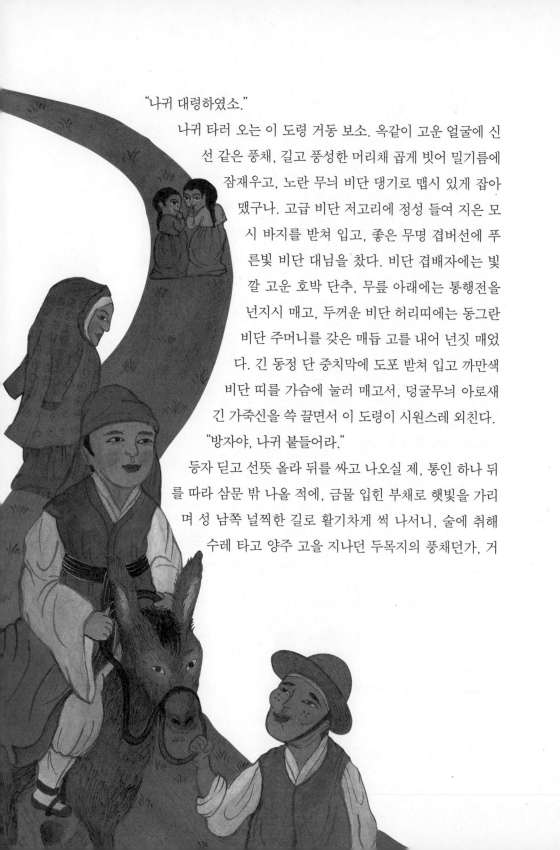

"나귀 대령하였소."

나귀 타러 오는 이 도령 거동 보소. 옥같이 고운 얼굴에 신선 같은 풍채, 길고 풍성한 머리채 곱게 빗어 밀기름에 잠재우고, 노란 무늬 비단 댕기로 맵시 있게 잡아 맸구나. 고급 비단 저고리에 정성 들여 지은 모시 바지를 받쳐 입고, 좋은 무명 겹버선에 푸른빛 비단 대님을 찼다. 비단 겹배자에는 빛깔 고운 호박 단추, 무릎 아래에는 통행전을 넌지시 매고, 두꺼운 비단 허리띠에는 동그란 비단 주머니를 갖은 매듭 고를 내어 넌짓 매었다. 긴 동정 단 중치막에 도포 받쳐 입고 까만색 비단 띠를 가슴에 눌러 매고서, 덩굴무늬 아로새긴 가죽신을 쓱 끌면서 이 도령이 시원스레 외친다.

"방자야, 나귀 붙들어라."

등자 딛고 선뜻 올라 뒤를 싸고 나오실 제, 통인 하나 뒤를 따라 삼문 밖 나올 적에, 금물 입힌 부채로 햇빛을 가리며 성 남쪽 널찍한 길로 활기차게 썩 나서니, 술에 취해 수레 타고 양주 고을 지나던 두목지의 풍채던가, 거문고 타는 여인을 슬며시 돌아보던 주랑의 모습인가?

　거리는 향기롭고 언덕에는 붉게 꽃 피어 성 안의 봄이라, 보는 이 누구인들 사랑하지 않으랴. 광한루에 올라가 사방을 살펴보니 그 아름다움이 이루 말할 수 없다. 적성 아침 해에 늦은 안개 띠어 있고, 푸른 물에 저문 봄은 꽃바람에 둘러 있다. '붉게 단장한 누각은 햇빛 비쳐 아른아른 빛나고, 화려한 궁전과 방들도 그 빛깔 찬란하다'라는 옛 노래는 '임고대'를 이름이요, '아름답게 꾸민 누각은 어찌 이리 높은가'는 '광한루'를 이름이라. 마치 악양루 고소대인 듯, 오나라와 초나라를 가로지르는 유유한 강물을 보는 것도 같고, 팽택의 연자루를 보는 것도 같다.

　또 한 곳을 바라보니 흰 꽃 붉은 꽃이 어우러져 피어 있는 곳에 앵무새 공작새 너울너울 날아들고, 주변 경치 둘러보니 키 작은 소

∞ 통행전(筒行纏) — 행전은 바지 정강이에 꿰어 무릎 아래 발목까지 매는 것을 말한다. 통행전은 아래에 귀가 없고 통이 넓은 보통 행전을 말한다.

∞ 중치막 — 예전에, 벼슬하지 아니한 선비가 소창옷 위에 덧입던 웃옷. 넓은 소매에 길이는 길고, 앞은 두 자락, 뒤는 한 자락이며 옆은 무가 없이 터져 있다.

∞ 통인(通引) — 조선 시대에, 수령의 잔심부름을 하던 구실아치.

∞ 술에 취해 ~ 두목지의 풍채던가 — 두목지가 술에 취해 수레를 타고 양주를 지날 때, 기생들이 그 풍채를 연모하여 귤을 던지니, 그 귤이 수레에 가득 찼다는 옛이야기에서 온 말이다.

∞ 거문고 타는 ~ 주랑의 모습인가 — 주랑은 중국 오나라 때의 주유. 주유는 어릴 때부터 음악에 밝아 곡조가 틀리면 꼭 돌아봤다고 한다. 그래서 여자들이 잘생긴 주유에게 반하여 그가 돌아보도록 일부러 곡조를 틀리게 연주했다는 이야기가 있다.

∞ 거리는 향기롭고 ~ 사랑하지 않으랴 — 당나라 시인 잠삼의 「위절도적표마가(衛節度赤驃馬歌)」의 한 구절이다.

∞ 붉게 단장한 ~ 그 빛깔 찬란하다 — 당나라 시인 왕발의 시 「임고대편(臨高臺篇)」의 한 구절이다.

∞ 아름답게 꾸민 ~ 이리 높은가 — 당나라 시인 왕발의 시 「임고대편(臨高臺篇)」의 한 구절이다.

∞ 팽택 — 연자루가 있는 곳.

나무와 떡갈나무 어린잎은 봄바람 못 이기어 흐늘흐늘, 폭포수 떨어지는 시냇가의 화사한 꽃들은 방긋방긋, 키 큰 소나무 울창하고 푸른 나무와 향기로운 풀이 꽃보다 더 좋은 계절이라. 계수나무, 자단나무, 모란, 복숭아나무의 울긋불긋한 산빛에 취한 산은 요천 맑은 시냇물에 풍덩실 잠겨 있다.

또 한 곳을 바라보니 한 미인이 봄기운을 이기지 못하고 진달래꽃 한 송이 질끈 꺾어 머리에도 꽂아 보고, 함박꽃도 질끈 꺾어 입에도 함쑥 물어 보고, 저고리 소매를 반만 걷고 맑은 물에 손도 씻고, 발도 씻고, 물 머금어 양치하며, 조약돌 덥석 쥐어 들고는 버들가지에 앉은 꾀꼬리를 희롱하니 '가지에 앉은 꾀꼬리를 쳐 일으킨다'는 옛노래 이 아닌가. 버들잎도 주루룩 훑어 시냇물에 훨훨 띄우는데, 여인 곁에서는 눈처럼 흰 나비와 수벌들이 사방에서 꽃술을 물고 너울너울 춤추고, 황금 같은 꾀꼬리는 훨훨 날아든다.

광한루 진기한 경치도 좋거니와 오작교는 더욱 좋다. 바야흐로 호남의 제일가는 누각이로다. 이름이 오작교라는데 견우직녀 어디 있나. 이렇듯 좋은 경치에 풍월이 없을소냐.

이 도령 흥에 취해 붓을 들고 시 한 수를 짓는다.

높고 맑은 오작의 배 위에
광한루 옥계단 층층이 놓였구나
묻노니 하늘의 직녀는 누구더냐
오늘은 흥에 겨운 내가 곧 견우로다

마침 이때 내아에서 술상을 차려 오니, 한 잔 술 마신 후에 통인,

방자에게 물려주고 취흥 가득해진 이 도령은 담배 한 대 피워 물고 이리저리 거닐며 경치에 취하여 풍월을 읊조린다.

"충청도 곰뫼 수영과 보련암이 좋다 한들 이곳 경치 당할쏘냐. 붉을 단(丹), 푸를 청(靑), 흰 백(白), 붉을 홍(紅), 고을마다 물들었고, 버드나무 휘늘어진 곳에서는 황금 꾀꼬리 짝 부르는 소리가 봄 흥취를 북돋는구나. 노란 벌, 흰 나비, 왕나비 향기 찾아 봄기운 가득한 성 안을 이리저리 날아다니니 온통 봄, 봄이로다. 영주산과 방장산, 봉래산이 눈 아래 있는 듯 가까우니 물을 보면 은하수요, 경치는 옥경인 듯. 여기가 옥경이라면 선녀 또한 없을쏘냐."

그러자 방자 슬며시 여쭙는다.

"경치가 이리 좋으니 날씨가 맑을 때면 종종 하늘에서 신선도 내려와 노닐다 가옵니다."

이 도령 대답하기를,

"음, 그럴 것이 분명하겠구나."

∞ 높고 맑은 ~ 곧 견우로다 — 원문은 "고명오작선(高明烏鵲船)이요, 광한옥계루(廣寒玉階樓)라. 차문천상수직녀(借問天上輸織女)요, 지흥금일아견우(至興今日我牽牛)라."이다.

∞ 내아(內衙) — 조선 시대에, 지방 관아에 있던 안채.

∞ 영주산과 방장산, 봉래산 — 신선이 산다는 삼신산(三神山)을 말한다.

아름다운 사랑의 도시 남원으로 오세요!

놀기 좋은 봄날에 이 도령이라고 가만있을 수는 없지요. 이 도령 재촉에 방자
남원 땅 경치 좋은 곳을 주욱 풀어놓습니다. 듣고만 있어도 경치가 근사할 것
같지요? 남원시에서는 「춘향전」의 무대인 광한루와 오작교 등, 여러 곳을
관광지로 잘 꾸며 놓았습니다. 광한루와 오작교, 춘향을 모신 사당, 춘향묘,
「춘향전」을 소재로 한 '춘향테마파크'까지 볼만한 구경거리가 참 많습니다.
그럼 「춘향전」을 옆에 끼고 남원으로 문학기행을 떠나 볼까요?

광한루원 – 전북 남원시 천거동에 있다.
1424년(세종 16년) 남원부사 민여공이
낡고 오래된 광통소루를 고쳤는데,
1444년에 정인지가 여기에 올라
감상하다가 '광한루'라 이름 붙였다 한다.

광한루원

광한루(보물 281호)는 「춘향전」에서 춘향과 이몽룡의 첫 만남 장소로
유명합니다. 조선 시대에 세운 광한루는 평양의 부벽루, 진주 촉석루, 밀양
영남루와 더불어 우리나라 4대 누각에 드는 것으로, 그중 으뜸이라 할
정도로 아름다운 누각입니다. 광한루에 올라 바라보는 경치가 마치 달나라
선녀가 사는 월궁의 '광한청허부'처럼 아름답다고 하여 '광한루'란 이름을
얻게 되었지요. 광한루 남쪽에는 예쁜 연못과 오작교도 놓여 있습니다.
작지만 예쁜 오작교. 하늘하늘 치맛자락 날리며 이 도령을 만나러 갔을
어여쁜 춘향의 모습을 그려 보며 오작교를 거닐어 보는 건 어떨까요?
연못에는 팔뚝만 한 잉어도 노닐고 있어 먹이를 던져 주는 것도 즐거운
일이랍니다.

춘향테마파크 – 춘향테마파크
안에 있는 관아 모습

춘향테마파크

광한루에서 걸어서 15분 거리에 있는 남원관광단지 내 '춘향테마파크'는
'춘향전'을 테마로 한 작은 공원입니다. 3만 5천 평 규모의 공원은
「춘향전」을 모티프로 크게 다섯 마당(만남의 장, 맹약의 장, 사랑과 이별의
장, 시련의 장, 축제의 장)으로 구성되어 있으며 춘향의 정절과 사랑을 전시
조형물과 시 등으로 표현해 놓았습니다. 영화감독 임권택이 찍은
〈춘향뎐〉(2000)의 촬영 장소이기도 해서 그 세트장이 지금까지도 남아
있다고 합니다.

춘향묘

전라북도 남원시 주천면 호경리에는 「춘향전」의 주인공
춘향의 묘가 있습니다. 물론 춘향이 실존인물이
아니기에 이 무덤도 진짜는 아닙니다. 춘향의 뜻을
기리기 위해 가짜로 만들어 놓을 것이지요. 무덤
입구에는 한자로 '춘향묘(春香墓)'라 쓴 표지석이 있고,
여기를 지나 계단을 오르면 커다란 봉분을 갖춘 무덤이
나옵니다. 무덤 앞에는 '만고열녀 성춘향지묘(萬古烈女
成春香之墓)'라고 쓴 비석이 놓여 있습니다.
무덤 주위로는 춘향의 절개를 보여 주듯 푸른 대숲이
우거져 있고, 꽃과 나무로 잘 가꾸어져 있어 쉬어 가기
좋은 곳입니다.

춘향묘 – 춘향묘 앞으로는 '육모정'이라는 정자가 있고,
구룡 계곡의 맑은 물이 흐른다. 여기가 지리산 둘레길
1구간(주천~운봉)이 시작되는 곳이다.

춘향사당

광한루원 한쪽, 숲이 울창한 곳에는 춘향을 모신 사당 '춘향사'가
있습니다. 사당 안에는 이당 김은호 화백이 그린 춘향의 영정이
모셔져 있는데요, 단아하고 고운 모습은 정녕 한국을 대표하는
미인이라 할 만합니다. 춘향사에서는 해마다 음력 5월 5일
단오절에 '춘향제'가 열리는데, 이때 치러지는 '미스 춘향
선발대회'는 제법 유명합니다. '미스 춘향' 출신 중에는 이름난
연예인도 꽤 있다고 하니, 한번 찾아보세요. 그밖에 광한루원에는
월매의 집도 있으니 한번 둘러보는 것도 재미있겠지요.

춘향사당 – 남원이 춘향의 고장임을 상징하는
건축물이라고 할 수 있다. 정면 3칸, 측면
2칸으로 된 전통 건축물로 일제강점기인
1931년에 지어졌다.

월매 집 – 「춘향전」을 바탕으로 재현해 놓은 월매의 집.

33

붉은 치맛자락 바람결에 펄펄

월매의 딸 춘향이도 시와 글씨와 음악에 능통하니 단옷날을 모를쏘냐.

단오절 풍습 따라 그네를 뛰려고 몸종 향단이를 앞세워 나들이를 한다. 난초같이 고운 머리 반달 같은 와룡빗으로 솰솰 흘려 빗어서 두 귀 너머로 곱게 땋아 봉황 새긴 금비녀로 가지런히 정리하고, 하르르 얇은 비단 치마 두른 허리는 가는 버들이 힘없이 드리운 듯, 아름답고 고운 태도로 아장거리고 흐늘거리며 숲속으로 들어가니, 짙푸른 녹음이 우거진 곳에 온갖 봄꽃들 곱게 피어 있고 금잔디 위로는 황금 꾀꼬리 쌍쌍이 날아든다.

버드나무 높은 가지에 걸려 있는 그네를 타려 할 적에, 보는 사람

없는지라 춘향은 거추장스러운 초록색 장옷이며 남색 비단 홑치마 훨훨 벗어 나뭇가지에 척 걸어 두고, 덩굴무늬 수놓은 자주색 비단 꽃신도 쓰윽 벗어 숲 사이로 휙 던져 둔다. 마침내 하얀 비단 속바지 차림이 되니 그네뛰기 아주 좋다. 속바지를 턱 아래까지 추켜올리고는 삼껍질 그넷줄을 섬섬옥수 넌짓 들어 두 손에 갈라 쥐고서 하얀 비단 버선발로 사뿐히 올라 발을 구른다. 가는 버들 같은 고운 몸매로 사뿐사뿐 노니는데, 뒷머리는 옥비녀 은머리꽃이로 단장하고, 앞에는 밀화장도 옥장도로 치장하여, 둥근 달 수놓은 비단 겹저고리는 같은 색 옷고름에 더욱 맵시 난다.

"향단아, 밀어라."

한 번 굴러 힘을 주며 두 번 굴러 힘을 주니 발밑에 작은 띠끌 바람 쫓아 펄펄, 앞뒤 점점 멀어지니 머리 위의 나뭇잎은 몸을 따라 한들한들. 그 모양을 멀리서 바라보니, 짙푸른 수풀 속에 붉은 치맛자락 바람결에 내비치니 구만 리 높은 하늘 흰 구름 사이로 번갯불이 비치는 듯. 잠깐 사이로 앞에 번쩍, 뒤에 번쩍.

앞에 어른대는 모양은 제비가 가뿐히 날아 복숭아꽃 한 잎 떨어질 때 잡아채려 쫓는 듯, 뒤로 번듯 하는 모습은 광풍에 놀란 나비 짝을 잃고 가다가 돌이키는 듯, 무산 선녀 구름 타고 양대 위에 사

∞ 장옷 ─ 예전에, 여자들이 나들이할 때에 얼굴을 가리느라고 머리에서부터 길게 내려 쓰던 옷.
∞ 섬섬옥수(纖纖玉手) ─ 가냘프고 고운 여자의 손을 이르는 말.
∞ 밀화장도(蜜花粧刀) ─ 밀화로 꾸민, 주머니 속에 넣거나 옷고름에 늘 차고 다니는 칼집이 있는 작은 칼. 밀화는 밀랍 같은 누런빛이 나고 젖송이 같은 무늬가 있는 보석의 한 종류인 호박을 말한다.

뿌히 내려앉는 듯, 들뜬 기운 감출 길 없는 춘향이는 나뭇잎도 물어 보고 꽃도 질끈 꺾어 머리에다 꽂아 본다.

"애, 향단아. 그네 바람이 독해서 정신이 아찔하구나. 이제 그만 그넷줄 붙들어라."

향단이 그넷줄을 붙들려고 이리 왔다 저리 갔다 하는 사이에 춘향의 금비녀는 시냇가 바위 위에 떨어져 쟁쟁하고, "비녀, 비녀." 하는 소리는 산호 머리꽂이로 옥쟁반 치는 듯 낭랑하기 그지없으니 그 태도 그 자태는 도무지 이 세상 사람이 아닌 듯하다.

이 도령 그네 뛰는 춘향의 모습을 바라보니, 문득 마음이 울적하고 정신이 어수선한 것이, 별의별 생각이 다 나서 혼잣말로 중얼거린다.

"돛 없는 작은 배 타고 오호에서 범소백을 따라간 서시가 여기 올리 없고, 해성 달밤에 슬픈 노래로 초패왕과 이별한 우미인도 올리 없고, 천자와 이별하고 오랑캐 땅으로 간 뒤 홀로 푸른 풀 돋아난 무덤에 누웠으니 왕소군도 올리 없고, 장신궁 깊이 닫고 「백두음」 읊조리던 반첩여가 올리도 없고, 아침마다 소양궁에서 왕의 시중들고 오니 조비연도 올리 없으니, 저 여인은 도대체 누구란 말이냐? 낙포 선녀인가, 무산 선녀인가?"

이 도령 넋이 나간 듯 온몸이 나른해지니 영락없이 장가 안 간 총각의 모습이라. 한동안 넋을 놓고 춘향이를 바라보던 이 도령이 드디어 정신을 차리고는 방자를 부른다.

"여봐라, 저 건너편 버들가지 사이로 오락가락 희뜩희뜩 얼른얼른 하는 게 대체 무엇인지 자세히 보고 오너라. 아마도 선녀가 이땅에 내려왔나 보구나."

"봉래산, 영주산, 방장산도 아닌데 선녀가 어이 있으리까?"

이 도령 말하기를,

"그럼 무엇이냐? 금이더냐?"

"금은 여수에서 난다 하는데 여기가 여수도 아니니 금이 어찌 있으리까?"

"그러면 옥이더냐?"

"옥은 곤강에서 난다 하였는데 여기가 곤강도 아니오니 옥이 어찌 있으리까?"

"그러면 귀신이더냐?"

"여기가 북망산도 아닌데 귀신이 어찌 있으리까?"

이 도령이 벌컥 화를 내며,

∞ 돛 없는 작은 ~ 여기 올 리 없고 — 범소백은 춘추 시대 월나라의 재상 범려. 소백은 자이다. 월나라 왕 구천을 도와 오나라를 멸망시켰다. 범려가 월나라 미인 서시를 뽑아 오나라 왕 부차에게 바쳤고, 오나라가 망한 뒤에 다시 서시를 데리고 오호에 가서 돌아오지 않았다고 한다.

∞ 우미인(虞美人) — 중국 진(秦)나라 말기에 항우의 특별한 귀염과 사랑을 받았던 여자. 절세의 미인으로, 항우가 한(漢)나라 유방에게 포위되었을 때 자살하였다고 한다.

∞ 왕소군(王昭君) — 중국 전한 원제(元帝)의 후궁(?~?). 이름은 장(嬙). 소군은 자. 기원전 33년 흉노와의 화친 정책으로 흉노의 호한야선우(呼韓邪單于)와 정략결혼을 하였으나 자살하였다. 흉노 땅에는 흰 풀이 많은데, 왕소군의 무덤에는 홀로 푸른 풀이 무성했다고 한다.

∞ 백두음(白頭吟) — 탁문군이 지은 것으로, 남편 사마상여가 젊은 첩을 얻으려 하자, 머리 희어짐을 한탄하여 읊은 글이라고 한다.

∞ 반첩여(班婕妤) — 첩여는 궁궐에서 여인이 받는 벼슬 이름으로, 비(妃)와 빈(嬪)의 다음 자리. 반첩여는 재주와 학문이 있는 여자로 한나라 성제(成帝)의 후궁이 되어 크게 사랑을 받다가 조비연에게 사랑을 빼앗기고 태후가 거처하는 장신궁에서 세월을 보냈다.

∞ 조비연(趙飛燕) — 한나라 성제의 후비.

∞ 무산(巫山) — 선녀가 산다는 전설 속의 산.

∞ 북망산(北邙山) — 무덤이 많은 곳이나 사람이 죽어서 묻히는 곳을 이르는 말.

"그러면 대체 저것이 무엇이란 말이냐?"

능청스런 방자가 그제야 여쭈오되,

"다른 무엇이 아니라 이 고을 기생 월매의 딸 춘향이란 계집아이
로소이다."

이 도령 엉겁결에 하는 말이,

"거 좋구나. 훌륭하다."

그 말 들은 방자가 아뢰기를,

"제 어미는 비록 기생이나 춘향이는 도도하여 기생 노릇 마다하
고 온갖 꽃과 풀잎의 글자도 생각하고, 여자가 익혀야 할 온갖 솜
씨에 문장 솜씨까지 겸하여 모자란 것 없으니 여염집 처녀와 다르
지 않습니다."

이 도령 크게 웃고는 방자 불러 분부하되,

"저 아이가 기생의 딸이라 하니 빨리 가 불러오너라."

방자 놈 여쭙기를,

"옥 같은 하얀 피부에 꽃처럼 예쁜 춘향이 얼굴에 반해 관찰사,
부사, 군수, 현감 등 내로라 하는 관장이며 양반 바람둥이들이 무
수히 만나 보려 했으나, 장강의 아름다움에 임사의 덕행, 이백과
두보의 문필에다 이비의 정절까지 품었으니, 이 세상에서 가장 아
름다운 여인이요, 여인 중에서도 가히 군자라 함부로 다루기 어렵

∞ 장강(莊姜) — 위나라 장공의 처로, 매우 아름다웠다고 한다.

∞ 임사(任姒) — 태임(太任)과 태사(太姒). 태임은 주나라 문왕의 어머니, 태사는 문왕의 아내
이자 무왕의 어머니로, 모두 어질고 덕이 있는 여성이다.

∞ 이비(二妃) — 순임금의 두 아내인 아황(娥皇)과 여영(女英).

습니다. 황공하오나 도련님 분부대로 여기 불러오긴 어려울 것 같으니 도련님은 그만 뜻을 거두십시오."

이 도령 크게 웃고는,

"방자야, 네가 모든 물건에는 저마다 주인이 있다는 말을 모르는구나. 형산의 백옥과 여수의 황금도 각각 임자가 있느니라. 여러 소리 말고 당장 가서 불러오너라."

옷이라고 다 똑같은 옷이 아니라오!

衣

춘향이와 이 도령이 단옷날을 맞아 좋은 옷과 갖은 장신구로 멋을 내고 나들이에 나섭니다. 돈 없는 백성들이야 그저 그런 옷감으로 옷을 지어 입었지만, 돈 좀 있는 양반네들은 중국 비단으로 옷을 짓고, 갖은 보석으로 치장을 했습니다. 우리가 보기에는 다 똑같은 옷이라도 당시에도 유행이라는 게 있어, 멋쟁이들은 온갖 노리개와 장신구, 다양한 옷감 들을 활용해 멋을 내고 다녔지요. 조선 시대 멋쟁이들의 옷차림과 장신구를 살펴볼까요?

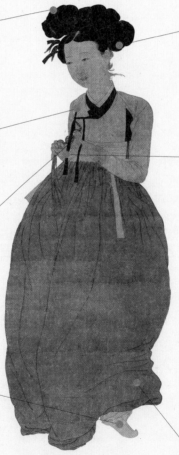

뒤꽂이 - 쪽을 찐 머리 뒤에 덧꽂는 비녀 이외의 장식품을 말한다. 연봉(연꽃 봉오리 모양), 과판(국화 모양) 등 다양한 형태가 있다.

비녀 - 여자의 쪽 찐 머리가 풀어지지 않도록 꽂는 장신구이다. 금이나 은 같은 금속류부터, 옥, 비취, 산호 같은 보석류까지 다양한 재료로 만들었다.

저고리 - 조선 중기 이후의 저고리 모습이다. 조선 중기 이전에는 길이도 더 길었고, 소매도 더 풍성했으나, 유행에 따라 중기 이후 이렇게 짧고, 품이 좁은 형태로 바뀌었다.

가락지 - 주로 여자 장식으로 손가락에 끼는 두 짝의 고리. 비녀처럼 온갖 귀금속으로 만들어 끼고 다녔다.

장도 - 주머니 속에 넣거나 옷고름에 늘 차고 다니는 칼집이 있는 작은 칼을 말한다. 칼집과 자루는 금, 은, 밀화(蜜花), 대모(玳瑁), 뿔, 나무 따위로 장식해서 멋을 냈다.

장옷 - 여자들이 나들이할 때에 얼굴을 가리느라고 머리에서부터 길게 내려 쓰던 옷. 초록색 바탕에 흰 끝동을 달았고, 맞깃으로 두루마기와 비슷하며, 젊으면 청·녹·황색을, 늙으면 흰색을 썼다. (신윤복,「이승영기(尼僧迎妓)」에서)

당혜 - 울이 깊고 앞 코가 작은 가죽신. 흔히 앞 코와 뒤꿈치 부분에 꼬부라진 눈을 붙이고 그 위에 덩굴무늬를 새긴 것으로, 남녀가 다 신었다.

신윤복,「미인도(美人圖)」

치마 - 저고리와 함께 조선 중기 이후 큰 변화가 있었다. 그림과 같이 저고리는 몸에 딱 맞게 입는 대신, 치마는 굉장히 풍성하게 부풀려 입었다. 치마의 폭도 넓고, 속옷도 여러 개를 겹쳐 입어서 이렇듯 풍성한 느낌을 주었다.

갓 – 어른이 된 남자가 머리에 쓰던 것으로, 신분에 따라 모양과 재료가 달랐다.

단추 – 남자의 장신구는 여자들처럼 많지 않다. 그중 대표적인 것이 단추와 갓끈이다. 단추는 호박으로 많이 만들었고, 저고리나 배자 같은 옷에 달았다.

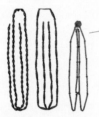

갓끈 – 갓에 다는 끈. 헝겊을 접거나 나무, 대, 대모(玳瑁, 바다거북의 등과 배를 싸고 있는 껍데기), 금패(錦貝, 호박의 한 종류), 구슬 따위를 꿰어서 만든다. 사극에서 화려한 갓끈을 길게 늘어뜨린 모습을 종종 볼 수 있다.

신윤복, 「청금상련(廳琴賞蓮)」에서

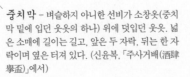

중치막 – 벼슬하지 아니한 선비가 소창옷(중치막 밑에 입던 웃옷의 하나) 위에 덧입던 웃옷. 넓은 소매에 길이는 길고, 앞은 두 자락, 뒤는 한 자락이며 옆은 터져 있다. (신윤복, 「주사거배(酒肆擧盃)」에서)

배자 – 추울 때에 저고리 위에 덧입는, 주머니나 소매가 없는 옷이다. 겉 감은 흔히 양단(은실이나 색실로 수를 놓고 겹으로 두껍게 짠 고급 비단)을 쓰고 안에는 토끼, 너구리 따위의 털을 넣는다.

목화와 태사혜 – 목화(위쪽 사진)는 사모관대(벼슬아치의 옷차림)를 할 때 신던 신으로, 바닥은 나무나 가죽으로 만들고 검은빛의 사슴 가죽으로 목을 길게 만드는데, 모양은 장화와 비슷하다. 태사혜(아래쪽 사진)는 태사신이라 하는데, 비단이나 가죽으로 울을 하고, 코와 뒤축 부분에는 흰 줄무늬를 새긴 신발이다.

첫 만남

이 도령 분부 듣고 춘향이 부르러 가는 방자 녀석 거동 보자. 잎이 말라비틀어진 참나무를 윗동 찍고 아래 잘라 지팡이를 만들더니, 그걸 거꾸로 짚고서 좁은 길, 넓은 길, 진 땅, 마른 땅 가리지 않고 이리저리 우당퉁탕 걸어가며 헐떡인다. 그렇게 방자는 요지에서 연 잔치에 서왕모 편지 전하던 파랑새처럼 이리저리 건너가 춘향을 부른다.

"여봐라. 이애 춘향아."

그네 뛰는 데 푹 빠져 있던 춘향이 낯선 사내의 목소리에 깜짝 놀라,

"아니, 방자 아니냐? 넌 무슨 소리를 그따위로 질러서 사람을 놀

래키느냐?"

"이애, 말 마라. 일 났다."

"일은 무슨 일?"

"우리 사또 자제 도련님이 광한루에 놀러 나오셨다가 너 노는 모양 보시곤 당장 불러오라시는구나."

춘향이 발칵 화를 내며,

"흥, 네가 미친 자식이로구나. 그 도련님이 대체 나를 어찌 알고 부른단 말이냐? 보나마나 네 녀석이 종달새 삼씨 까듯이 조잘댄 게 분명하렸다. 춘향이고, 사향이고, 계향이고, 강친향이고, 침향이고간에 누가 너더러 도련님께 일러바치라 하더냐?"

"아니다 아니야. 내 그런 말을 할 리도 없지만 잘못은 네가 했지, 내가 한 게 아니다.

'내가 무슨 잘못을 했단 말이냐?'라는 듯 입을 비쭉 내미는 춘향이를 힐끗 보며 방자는 재빨리 말을 이어 간다.

"왜 네 잘못인 줄 아느냐? 계집아이가 그네를 타려면 저희 집 뒤뜰에 줄 매고 남이 알까 모를까 은근히 타는 게 도리에 맞지 않느냐? 한데 넌 어쩌자고 하필이면 광한루 멀지 않은 이런 데서 그네를 탄단 말이냐? 더구나 지금은 녹음방초가 꽃보다도 좋은 시절이라, 앞 시냇가 버드나무는 초록 장막을 두르고, 뒷 시냇가 버드나무는 연녹색 장막을 둘러, 한 가지 한 가지가 척척 늘어져 바람에

∞ 요지(瑤池) — 중국 곤륜산에 있다는 못. 신선이 살았다고 하며, 주나라 목왕이 서왕모를 만났다는 이야기로 유명하다.

∞ **녹음방초(綠陰芳草)** — 푸르게 우거진 나무와 향기로운 풀이라는 뜻.

춤추지 않느냐? 그 경치 좋은 여기에다 딱 그네를 매어 놓고 외씨 같은 버선발로 흰 구름 사이에서 오락가락 노닐지 않았느냐 말이다. 네 붉은 치맛자락이 바람에 펄펄, 하얀 명주 속바지는 동남풍에 펄렁펄렁, 박 속 같이 하얀 살결 흰 구름 사이에 희뜩희뜩 하니, 이팔청춘 우리 도련님 그 모습 보고 한눈에 반해서 널 보자시는데 그게 네 잘못이지, 내 잘못이란 말이냐? 잔말 말고 어서 가자."

춘향이 대답하기를,

"네 말 듣고 보니 그럴 듯도 하나 오늘은 오월 단옷날이라. 여기서 그네 탄 처녀가 나만은 아닐 뿐더러, 설령 그 도련님이 날 보자고 했을지라도 내가 지금 관청에 매인 기생도 아니니, 여염집 사람을 함부로 부를 일도 없고, 부른다고 해서 갈 이유도 없다. 애초에 네가 잘못 들은 것이다."

방자 기가 눌려 저 혼자 털레털레 돌아와 춘향 대답을 전하니, 이 도령 그 말 듣고 도리어 춘향을 만나고 싶은 마음 더욱 간절해졌다.

"거, 기특한 사람이구나. 그 말이 다 옳다마는 네가 다시 가서 전하는데 이렇게 저렇게 말을 하도록 하라."

방자가 이 도령 전갈 받아 춘향에게 건너가니 그 사이에 춘향이는 벌써 자기 집으로 돌아가고 없다. 집으로 찾아가니 모녀간에 마주앉아 막 점심을 먹으려던 참이다. 방자 들어가니 춘향이 묻는다.

"아니, 넌 또 왜 오느냐?"

"황송하게도 우리 도련님이 다시 전갈하라셔서 왔다. 도련님 말씀하시길, '내가 너를 기생으로 알아서가 아니다. 듣자니 네가 글을 잘한다기에 청하는 것이다. 여염집 처녀를 부르는 것이 듣기에는 괴이하나 꺼림칙하게 여기지 말고 잠깐 다녀가라.' 하시더라."

연분이 되려고 그랬는지, 춘향이도 그 말 듣고 가고 싶은 마음이 생겼으나 어머니 뜻을 몰라 한동안 말없이 앉아만 있다. 그때 춘향 어미가 썩 나서며 정신 나간 듯 말하는데,

"거참, 이상도 하다. 꿈이라는 것이 완전히 헛된 것은 아니로구나. 간밤에 꿈을 꾸니 청룡 한 마리가 복숭아꽃 핀 연못에 잠겨 있기에 무슨 좋은 일이 있으려나 하였더니 우연한 일 아니로다. 또한 들으니 사또 자제 이름이 몽룡이라 하니 꿈 몽(夢) 자에 용 룡(龍) 자가 아니더냐? 신통하게도 맞추었구나. 그나저나 양반이 부르시는데 아니 갈 수 있겠느냐. 너 잠깐 다녀오너라."

춘향이 그제야 못 이기는 척 일어나 느린 걸음으로 방자를 따라 나선다.

광한루로 건너가는 춘향의 걸음걸이 보니, 큰 궁전 대들보의 명매기 걸음인 듯, 양지바른 마당에 씨암탉 걸어가듯, 하얀 모래밭에 금자라가 걸어가듯 앙금 살짝 걸어간다. 달 같은 자태에 꽃 같은 얼굴, 고운 태도로 천천히 건너가는데, 월나라 서시가 맵시를 익히려 연습하던 걸음으로 사뿐하니 걸어오는데, 이 도령 난간에 비스듬히 기대어 그윽하게 바라보고 있다. 이윽고 광한루 가까이 다가온 춘향 모습에 도련님 좋아서 어쩔 줄 모르며 자세히 살펴본다.

∞ 전갈(傳喝) ― 사람을 시켜 말을 전하거나 안부를 물음. 또는 전하는 말이나 안부.

∞ 명매기 ― 귀제비. 제빗과의 여름 철새. 몸의 길이는 19cm 정도이며, 몸 등 쪽은 광택이 있는 검은색이고 허리에는 붉은 부위가 있다. 제비보다 날개와 꽁지가 다소 길며 건물의 처마 밑이나 교각 밑에 둥지를 짓는다.

하늘하늘 달 같은 자태와 꽃처럼 고운 얼굴은 세상에 비길 데가 없고, 깨끗하고 단정한 얼굴빛은 맑은 강에서 노는 학이 달빛에 비친 듯도 하며, 옥같이 하얀 이 머금은 붉은 입술 반쯤 여니 별 같기도 하고 구슬 같기도 하다.

연지를 품은 듯, 자주빛 비단 치마 입은 고운 태도는 옅은 안개 저녁노을에 비친 듯하고, 비취색 속바지 영롱하여 은하수 물결 같이 아른거린다. 연꽃 같이 단아한 걸음을 조용히 옮기어 누각에 오른 춘향이는 부끄러운 듯 고개를 숙이고 서 있다.

한참 만에 정신을 차린 이 도령이 통인 불러,

"앉으라고 일러라."

춘향의 앉는 태도 단정하기 이를 데 없다. 그 모습 살펴보니, 푸른 물결 치는 하얀 모래밭에 금방 비가 내리고 지나간 뒤 정갈히 목욕하고 살풋 앉은 제비가 사람 보고 놀라는 듯, 별로 꾸민 것 같지도 않은 그 모습 그대로 절세미녀로다. 옥같이 고운 춘향 얼굴을 마주 보니 구름 사이로 지나는 밝은 달이요, 붉은 입술 반쯤 여니 물속에 핀 한 떨기 연꽃이라. 그 모습에 넋이 나간 이 도령은 속으로 생각하기를,

'내 비록 신선을 모르지만 하늘나라 선녀가 무슨 죄를 입어 남원 땅에 귀양 오니 월궁의 선녀들은 함께 놀던 벗 하나를 잃었구나. 네 얼굴 네 자태는 진정 이 세상 인물이 아니로다!'

춘향 또한 이 도령 얼굴이 보고 싶어 은근한 마음에 살며시 고개 들어 살펴보니 천하의 호걸이요, 재주와 슬기가 남달리 뛰어나 보이는지라. 이마가 높으니 젊어서 유명해질 것이요, 이마와 턱, 코와 양쪽 광대뼈가 조화를 이루니 나라의 둘도 없는 충신이 될 상이

라. 마음에 사모하는 정이 솟구쳤으나 제 속마음을 내비치지 않고 다만 초승달처럼 고운 눈썹을 그윽하게 숙이고서 무릎 꿇고 단정히 앉아 있을 뿐이다.

홀린 듯 춘향을 바라보던 이 도령 하는 말이,

"옛 성현들도 같은 성끼리는 혼인하지 않는다 하였으니, 네 성은 무엇이며 나이는 몇이냐?"

"성은 성(成)가이고 나이는 열여섯이옵니다."

이 도령 크게 반기면서,

"허허, 그 말 참 반갑도다. 나이는 동갑이요, 성도 다르니 천생연분 분명하다. 이성지합 좋은 연분 평생 함께 즐겨 보자꾸나. 그래 부모님은 모두 살아 계시느냐?"

"홀어머니를 모시고 사옵니다."

"형제는 몇이나 되느냐?"

"올해 육십 되신 우리 모친 무남독녀 나 하나요."

"너도 남의 집 귀한 딸이로구나. 하늘이 정하신 연분으로 우리 둘이 만났으니 한평생 행복을 누려 보자."

이 말 들은 춘향이 고운 눈썹 찡그리며 붉은 입술을 반쯤 열어 옥구슬 구르는 듯한 목소리로 여쭈오되,

"무릇 충신은 두 임금을 섬기지 않고, 열녀는 두 남편을 섬기지 않는다 하였습니다. 도련님은 귀공자요, 소녀는 천한 신분이라,

---

∞ 연지(臙脂) ― 자줏빛을 띤 빨간색. 또는 그런 색의 물감.
∞ 이성지합(二姓之合) ― 서로 다른 두 성이 합하였다는 뜻으로, 남녀의 혼인을 이르는 말.

한번 정을 맺은 후에 곧이어 버리시면 일편단심 이내 마음, 독수공방 홀로 누워 눈물로 세월 보낼 이내 신세, 내 아니면 누구일까. 허니 그런 말씀 마옵소서."

"네 말을 들어 보니 기특하구나. 우리 둘이 인연 맺을 적에 금석처럼 변치 않는 굳은 약속으로 맺을 것이다. 네 집이 어드메냐?"

춘향이 살풋 고개를 돌리며,

"방자 불러 물으소서."

이 도령 허허 웃고는,

"그래. 내 너한테 묻는 것이 허황하구나. 방자야, 춘향의 집이 어딘지 네가 말해라."

말 많은 방자, 기다렸다는 듯 넌지시 손을 들어 한 곳을 가리키며,

"저기 저 건너 동산은 울창하고 맑은 연못에는 물고기 길러 뛰놀고, 그 가운데 온갖 꽃과 풀이 만발하며 나뭇가지마다 앉은 새는 화려한 맵시 자랑하고, 바위 위 굽은 소나무는 맑은 바람 건듯 부니 늙은 용이 꿈틀대는 것 같고, 문 앞의 버들가지 한들한들 늘어져 있고, 들쭉나무, 측백나무, 전나무며 그 가운데 은행나무는 암수 서로 마주 서 있고, 초당 문 앞에는 오동나무, 대추나무, 깊은 산중 물푸레나무, 포도, 다래, 으름 덩굴이 휘휘 친친 감겨 담장 밖까지 우뚝 솟았는데, 그 푸른 솔숲과 대숲 사이로 은은히 보이는 것이 바로 춘향의 집이나이다."

방자가 가리킨 곳을 바라보며 이 도령 하는 말이,

"집이 깨끗하고 소나무 대나무 울창하니 여자의 절개 지키는 행실을 짐작할 만하도다."

춘향이 일어나며 부끄러운 듯 여쭈오되,

"세상인심 고약하여 소문날까 염려됩니다. 저는 이만 가 보겠나이다."

"기특하다. 그럴듯한 일이로다. 오늘 밤 퇴령 후에 너의 집에 갈 것이니 괄시나 하지 말아라."

춘향이 대답하되,

"나는 몰라요."

"허허, 네가 모르면 누가 안단 말이냐? 잘 가거라. 오늘 밤 다시 보자."

춘향이 광한루를 내려와 집에 다다르니 월매가 마중 나오며 야단스레 반긴다.

"아이고, 내 딸 오느냐? 그래, 도련님이 뭐라고 하시더냐?"

"뭐라 하시긴요. 조금 앉았다가 가겠노라 하고 일어나니 이따 저녁에 우리 집에 오시마 하옵디다."

"그래, 넌 어찌 대답하였느냐?"

"모른다 하였지요."

"자알 하였다."

∞ **독수공방(獨守空房)** — 아내가 남편 없이 혼자 지내는 것.

∞ **금석(金石)** — 쇠붙이와 돌이라는 뜻으로, 매우 굳고 단단한 것을 비유적으로 이르는 말.

∞ **퇴령(退令)** — 지방 관아에서 구실아치와 사령들에게 물러가도록 허락하던 명령.

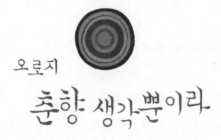

오로지
춘향 생각뿐이라

이때 춘향이를 서둘러 보낸 이 도령은 공부방으로 돌아와서
도 글공부에는 뜻이 없고 오로지 춘향 생각뿐이라. 책을 펼쳐
놓아도 말 소리 귀에 쟁쟁, 예쁜 모습 눈에 가물가물. 해 지기
만을 기다리며 방자를 채근한다.

"방자야, 해가 어디쯤에 걸려 있느냐?"

"이제 막 동쪽에서 떠오르는 중입니다요."

이 도령 화가 나서,

"이 괘씸한 놈. 서쪽으로 지는 해가 동쪽으로 도로 갔단 말이냐?
다시 살피고 오너라."

이윽고 방자 다시 여쭈오되,

"해가 서쪽 연못에 딸랑 떨어져 황혼 되고, 달이 동쪽 봉우리에 슬그머니 올라옵니다."

저녁상 앞에서도 이 도령 입맛 없어 밥도 먹지 못하고서 이리 뒹굴 저리 뒤척 어이하리. 방자에게 퇴령 기다리라 하고는 책상 앞에 앉아 책들을 뒤적이기 시작한다.

『중용』,『대학』,『논어』,『맹자』,『시경』,『서경』,『주역』이며,『고문진보』,『통감』,『사략』, 이백과 두보의 시에『천자문』까지 내어놓고 읽는데, 어떤 글을 읽든 모조리 다 춘향이다.

『시경』을 읽는데,

"『시경』이라. '끼룩끼룩 우는 저 물수리는 물가에서 노니는구나. 아름답고 덕이 있는 여인은 군자의 좋은 짝이로다.' 여인은 춘향이고 군자는 나 아니냐. 아서라, 이 글도 못 읽겠다."

『대학』을 읽는데,

"대학(大學)의 도는 밝은 덕을 밝히는 데 있으며, 백성들을 향상시키는 데 있으며, 춘향이에게 있도다. 이 글도 못 읽겠다."

『주역』을 읽는데,

"원은 형코 정코 춘향이코 딱 댄 코 좋고 하니라. 이 글도 못 읽겠다."

이번에는 「등왕각서」를 읽는데,

∞ 원은 형코 정코 춘향이코 딱 댄 코 좋고 하니라 ─『주역』의 첫 대목으로, 원 문장은 '건원형이정(乾元亨利貞)'이다. 곧 '건(乾)은 원(元)하고 형(亨)하고 이(利)하고 정(貞)하다'는 것으로, 하늘은 근원이 되고 형통함이 있고 이로움이 있고 곧아 있다는 뜻이다.

∞ 등왕각서(滕王閣序)─ 당나라 왕발이 지은 시이다. '등왕각'은 강서 남창에 있는 유명한 누각.

"등왕각이라. 남창은 고군이요, 홍도는 신부로다. 옳다, 그 글은 그럴싸하구나."

『맹자』를 읽는데,

"맹자께서 양혜왕을 뵈오니 왕이 이르기를, 선생이 천 리를 멀다 않고 오셨으니 춘향이 보시러 오셨습니까?"

『사략』을 읽는데,

"아득한 옛날이라. 천황씨가 이 쑥떡으로 왕 노릇 하여 한 해가 인방과 인시에서 시작하니, 애쓰지 않아도 잘 다스려지도다. 하여 형제 열둘이 각각 일만 팔천 세를 누리는도나."

하니, 듣고 있던 방자가 여쭈오되,

"여보 도련님, 천황씨가 '목덕으로 왕 노릇'이란 말은 들어 보았지만 쑥떡으로 왕이 되었다는 말은 듣느니 처음이오."

"이놈아, 넌 모른다. 천황씨는 일만 팔천 세를 산 양반이라 이가 단단하고 여물어서 목떡을 잘 자셨지만 요즘 선비들이야 목떡을 먹을 수 있겠느냐? 공자님께서 후세 사람들을 생각하셔서 꿈속에 나타나 '요즘 선비들은 이가 약해서 목떡을 못 먹으니 물컹물컹한 쑥떡으로 하라.' 하여 조선 땅 삼백육십 고을 향교에 통지를 보내 쑥떡으로 고쳤느니라."

방자 듣다가 기가 막혀,

"여보 도련님, 하늘님이 들으시면 깜짝 놀랄 거짓말을 잘도 하시는구려."

이 도령 다시 「적벽부」를 펼쳐 놓고,

"임술년 가을 칠월 열엿새 날, 손님과 함께 적벽 아래 배 띄우고 노니는데 맑은 바람 산들산들 불어오고 물결은 고요하여 잔잔하구나. 아서라, 이 글도 못 읽겠다. 글자가 다 뒤집혀 보이는구나. 『통감』이 곶감 되고, 『논어』가 붕어 되고, 『맹자』가 탱자 되고, 『주역』이 누역 되니, 보이는 게 다 춘향이라. 보고지고, 보고지고. 칠 년 큰 가뭄에 빗줄기같이 보고지고. 구 년 홍수에 햇빛같이 보고지고. 달 없는 동쪽 하늘에 불 켠 듯이 보고지고."

이번에는 『천자문』을 펼쳐든다.

"하늘 천, 따 지……."

방자 듣고는,

"여보 도련님, 느닷없이 『천자문』은 웬일이시오? 점잖지 못하게……."

"모르는 소리 말아라. 천자라 하는 것은 사서삼경의 근본이라. 양나라 때 벼슬하던 주홍사가 하룻밤에 이 글을 짓고 머리가 하얗게 세었기에 책 이름을 '백수문(白首文)'이라 하였으니, 낱낱이 새겨 보면 뼈똥 쌀 일이 많을 게다."

"소인 놈도, 천자문쯤이야 아옵니다."

"네가 안다 그 말이지?"

∞ 남창은 고군이요, 홍도는 신부로다 — 원문은 '남창고군(南昌故郡)이요, 홍도신부(洪都新府)라.'이다. '남창은 옛 고을이요, 홍도는 새 고을'이라는 뜻이다.

∞ 한 해가 인방과 ~ 잘 다스려지도다 — 인방(寅方)은 동방이 시작하는 방향이고, 인시(寅時)는 날이 시작되는 오경, 즉 새벽을 이른다.

∞ 목덕(木德) — 목덕은 금목수화토(金木水火土) 오덕(五德)의 하나로, 임금과 신하가 지녀야 할 품성이며, 동녘과 봄의 성질을 지닌 음덕이다.

∞ 사서삼경(四書三經) — 사서와 삼경을 아울러 이르는 말. 곧 『논어』, 『맹자』, 『중용』, 『대학』의 네 경전과 『시경』, 『서경』, 『주역』의 세 경서를 이른다.

"알다 뿐입니까요?"

"그럼 어디 한번 읽어 보거라."

"예, 들어 보시오. 높고 높은 하늘 천, 깊고 깊은 따 지, 해해친친 감을 현, 불타졌다 누를 황."

"아이구 이놈아, 네가 상놈은 상놈이구나. 이놈이 어디서 장타령 하는 놈의 말을 들었구나. 내 읽을 테니 한번 들어 보아라. 하늘이 자시에 열려 천지가 생겨났으니 태극이 광대하도다 하늘 천(天), 땅은 축시에 열렸으니 오행 팔괘로 땅 지(地), 넓고도 넓은 한 하늘이 비고 또 비어서 사람의 마음을 가리키니 검을 현(玄), 스물여덟 별자리 청적황백흑 오색 중에 가장 가운데 색 누를 황(黃), 우주의 해와 달이 거듭 빛나니 옥황상제 사는 높고 험한 집 우(宇), 긴 세월 흥한 도읍지도 세월에 밀려 흥망성쇠를 거듭하니 옛것이 가고 새것이 온다 집 주(宙), 우임금이 구 년 홍수를 다스리고 기자가 덧붙여 홍범구주를 말하는구나 넓을 홍(洪), 삼황오제 돌아가신 뒤 간신과 악인들이 판을 치니 거칠 황(荒), 동방이 장차 밝게 열리리

∞ 자시(子時), 축시(丑時) ─ 자시는 십이시(十二時)의 첫째 시로, 밤 열한 시부터 오전 한 시까지이고, 축시는 십이시(十二時)의 둘째 시로 오전 한 시부터 세 시까지이다.

∞ 오행 팔괘(五行八卦) ─ 오행은 수(水), 화(火), 목(木), 금(金), 토(土). 팔괘는 고대의 복희씨가 만들었다는 여덟 가지 괘로 건(乾), 태(兌), 이(離), 진(震), 손(巽), 감(坎), 간(艮), 곤(坤).

∞ 홍범구주(洪範九疇) ─ 『서경』의 홍범에 기록되어 있는, 우(禹) 임금이 정한 정치 도덕의 아홉 원칙.

∞ 삼황오제(三皇五帝) ─ 중국 고대 전설에 나오는 세 임금과 다섯 성군을 이르는 말.

57

니 높고 높은 하늘가에 둥글고 붉은 해 번듯 솟아 날 일(日), 온누리 백성들이 태평성대 노래하니 번화한 거리에 은은한 달빛 어리는도다 달 월(月), 가녀린 초승달이 날마다 차오른다 보름밤에 찰 영(盈), 세상만사 헤아리니 달빛과 같구나, 십오야 밝은 달이 보름날 다음부터 기울 측(昃), 스물여덟 별자리는 하도낙서가 벌여 놓았으니 해와 달과 별 중에 별 진(辰), '애석하게도 오늘밤에는 기생집에서 자겠구나' 원앙금침에서 잘 숙(宿), 절세가인과 좋은 풍류가『춘추』에 쭉 나열되니 벌일 렬(列), 달빛 은은한 한밤중에 온갖 회포 베풀 장(張), 오늘 밤 찬바람 쓸쓸히 불어오니 침실에 들거라 찰 한(寒), 베개가 높거들랑 내 팔을 베려무나, 이만큼 오너라 올 래(來), 끌어당겨 질끈 안고서 임의 다리에 들어가니 찬바람에도 더울 서(暑), 침실이 더우면 북쪽 찬 바람을 취하자꾸나 이리저리 갈 왕(往), 춥지도 덥지도 않은 때는 어느 때더냐 오동잎 지는 가을 추(秋), 장차 백발로 우거지리니 소년 풍모 거둘 수(收), 잎이 진 나무와 찬 바람 강산에 흰 눈 덮이니 겨울 동(冬), 자나 깨나 못 잊는 지극한 우리 사랑 깊고 깊은 방 안에 감추자꾸나 감출 장(藏), 지난밤 보슬비 맞아 연꽃에 빛이 나는구나 부드러울 윤(潤), 이렇듯 고운 자태 평생 보고도 남을 여(餘), 백년가약 깊은 맹세 넓고 푸른 바다를 이룰 성(成), 이리저리 노닐 적에 세월 흐름 잊겠구나 해 세(歲), 가난할 때 맞은 아내 박대하면 안 되느니『대전통편』의 법 률(律), 군자의 좋은 배필, 춘향 입 내 입 겹쳐 한 데 대고 쪽쪽 빠니 풍류 려(呂) 자 이 아니겠느냐? 애고애고, 보고지고."

이 도령이 이렇게 소리를 질러 놓으니, 마침 저녁 진지 잡수시고 평상에서 식곤증으로 잠깐 졸던 이 사또가 그 소리에 깜짝 놀라,

"이리 오너라."

"예."

"책방에서 누가 생침을 맞는 게냐, 아픈 다리를 주무르고 있는 게냐? 알아보고 오너라."

통인이 부리나케 달려와 이 도령한테 말하기를,

"도련님, 웬 고함이오? 사또께서 놀라서 알아보라 하시니 어찌 아뢰리까?"

'딱한 일이로다. 남의 집 늙은이는 귀 어두운 증세도 있다는데 귀 너무 밝은 것도 예삿일은 아니로다.'

이 도령 속으로 이리 생각하며 크게 놀란 표정으로 답한다.

"내가 『논어』를 읽는데 '슬프다, 내가 늙었구나. 꿈속에서 주공을 뵙지 못한 지 오래 되었구나'라는 대목을 읽다가 나도 나중에 주공을 뵈면 그렇게 해 볼까 하여 그만 흥에 취해 소리가 높아졌구나. 아버님께 그대로 여쭈어라."

통인이 들어가 그대로 전하니 까닭 모르는 사또는 아들이 그토록 공부에 흥이 있다 여기고는 크게 기뻐한다. 그러더니 아들 자랑을

∞ 하도낙서(河圖洛書) — 하도는 중국 복희씨(伏羲氏) 때에, 황허(黃河) 강에서 용마(龍馬)가 지고 나왔다는 쉰다섯 점으로 된 그림. 동서남북 중앙으로 일정한 수로 나뉘어 배열되어 있으며, 낙서(洛書)와 함께 주역(周易)의 기본 이치가 되었다. 낙서는 중국 하나라의 우왕(禹王)이 홍수를 다스릴 때에, 낙수에서 나온 거북의 등에 씌어 있었다는 마흔다섯 개의 점으로 된 아홉 개의 무늬. 팔괘와 홍범구주가 여기에서 비롯한 것이라고 한다.

∞ 애석하게도 오늘밤에는 기생집에서 자겠구나 — 왕발의 시 「임고대(臨高臺)」의 한 구절이다.

∞ 군자의 좋은 배필 ~ 풍류 려(呂) 자 이 아니겠느냐 — '려(呂)' 자를 입 구(口) 자 두 개가 맞닿아 있는, 남녀가 입 맞추는 것으로 풀이한 것이다.

하고픈 마음에,

"이리 오너라. 책방에 가서 목 낭청 가만히 오시라고 해라."

낭청이 부름을 받고 들어오는데, 이 양반 어찌나 볼품없게 생겼던지 도무지 채신머리없고 방정맞게 들어온다.

"사또, 그동안 심심하셨지요?"

"거기 좀 앉소. 내 자네한테 할 말이 있네. 우리 서로 오랜 친구로, 어릴 적에 글공부도 함께 한 사이였으니 말인데 어릴 때 글공부처럼 싫은 게 있던가? 그런데 우리 아이 시흥을 보니 기분이 너무 좋구먼."

목 낭청은 아는지 모르는지, 그저 건성으로 대답한다.

"그렇지요. 아이 적에 글공부처럼 싫은 게 또 있을라구요?"

"글 읽기가 싫으면 잠도 오고 꾀부리고 싶어지지. 그런데 우리 아이는 한번 글 읽기를 시작하면 밤낮을 가리지 않고 하지."

"예, 그런 것 같습디다."

"배운 적 없어도 글씨 쓰는 재주가 아주 뛰어나지."

"그렇지요."

"점 하나만 툭 찍어도 높은 산봉우리에서 떨어진 돌과 같고, 한 일(一) 자를 그어 놓으면 구름이 피어올라 천 리에 뻗쳐 있는 듯하고, 갓머리[宀]는 새가 처마에 앉아 있는 듯하며, 필법으로 말하자면 풍랑이 일고 번개가 치는 것 같네. 그뿐인가? 내리그어 채는 획

∞ 목 낭청(睦郎廳) ― 목씨 성의 낭청. 낭청은 관아에 속해 있는 관리.
∞ 채신머리없다 ― 말이나 행동이 경솔하여 위엄이나 신망이 없다.
∞ 시흥(詩興) ― 시를 짓고 싶은 마음. 또는 시에 도취되어 일어나는 흥취.

은 늙은 소나무가 절벽에 거꾸로 걸린 듯하고, 창 과(戈) 자로 말하자면 마른 등 넝쿨같이 뻗어 갔네. 도로 채어 올리는 데는 성난 활 끝 같고, 기운이 부족하면 발길로 툭 차 올려도 획은 획대로 되지 않는가?"

"그렇습죠. 글씨를 가만히 보면 획은 획대로 되옵디다."

"글쎄, 내 말을 더 들어 보게. 저놈이 아홉 살 때 서울 집 뜰에 있는 늙은 매화나무를 두고 글을 지으라 한 적이 있네. 순식간에 시를 지어 왔는데도 정성 들여 쓴 것처럼 고사를 인용한 솜씨가 대단하더란 말일세. 한번 본 것은 결코 잊지 않는 총기가 있으니 당당히 조정의 이름난 선비가 될 걸세."

"장래에 정승을 하오리다."

낭청의 추어주는 말에 감격한 사또는 너무 감격하여,

"정승이야 바라겠냐만 내 생전에 과거급제는 쉽게 하지 않겠나? 급제만 쉬이 한다면야 육품 벼슬 하는 것도 무난할 걸세."

"아니오, 그리할 말씀이 아니지요. 정승을 못 하오면 장승이라도 되겠지요."

사또가 어이없어 호령하되,

"아니, 자네 누구 말인 줄 알고 답을 그리 하는 건가?"

"대답은 하였으나 누구 말인지는 모릅니다요."

모두 건성건성 되는 대로 내뱉는 말일 뿐이다.

한편, 이 도령은 이제나저제나 퇴령 놓기만 기다린다.

"방자야."

"예."

"퇴령 놓았나 보아라."

"아직 아니 놓았소."

조금 있더니 사또의 퇴령 소리가 길게 난다.

"좋구나 좋아. 방자야, 빨리 등에 불 밝혀라."

이 도령 설레는 마음으로 방자 뒤를 따라 춘향의 집으로 건너간
다. 소리 없이 가만가만 발걸음을 죽이고 걷던 이 도령 조심스레
소곤거린다.

"방자야, 아버님 방에 불 비친다. 등불 옆에 끼워라."

여
섯

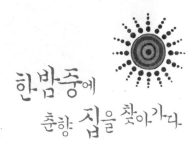

한밤중에
춘향 집을 찾아가다

춘향 집을 향해 삼문 밖을 썩 나서니 좁은 골목길에 달빛 영
롱하고 꽃 사이 푸른 버들 몇 번이나 꺾었을까. 닭싸움 시키
던 아이들도 밤이 되자 다들 제집에 돌아갔으니 지체 말고
어서 가자.

　그럭저럭 춘향 집에 당도하니 아름다운 밤이라, 고요하고 적막
하여 임 만나기에 더없이 좋은 때로구나. 드디어 하루 종일 애태우
던 춘향 집 문 앞에 이르니 인적은 고요한데 달빛은 환하기만 하
다. 연못의 물고기는 저 혼자 튀어 오르고, 대접 같은 금붕어는 임
을 보고 반기는 듯 꼬리를 휘휘 저으며 다가오며, 달빛 아래 두루
미는 흥에 겨워 짝 부른다.

　이때 춘향이는 일곱 줄 거문고를 비스듬히 안고서 남풍시를 읊조리다가 잠깐 졸고 있던 참이었다. 행여 개가 짖을까 걱정이 된 방자는 살그머니 춘향 방 창문 밑으로 다가가,

　"이애 춘향아, 잠들었느냐?"

　춘향이 깜짝 놀라,

　"아니, 네가 어쩐 일이냐?"

　"도련님이 와 계시다."

　춘향이 이 말 듣고 가슴이 울렁거리고 부끄러워 어찌할 바를 모르다가 겨우 정신을 차리고는 건넌방으로 가 어머니를 깨우는데,

　"애고 어머니, 무슨 잠을 이리도 깊이 주무시오?"

∞ 남풍시(南風詩) ─ 순임금이 지었다고 알려진 시. 풍요와 안녕을 노래함.

춘향 어미 잠에서 깨어,

"아가, 뭘 달라고 불렀느냐?"

"누가 뭘 달래긴요."

"그럼 어찌 부른 게야?"

"아, 도련님이 방자 모시고 오셨다오."

춘향이 엉겁결에 이렇게 말하니 춘향 어미 방자 불러,

"누가 왔다고?"

방자 대답하기를,

"사또 자제 도련님이 여기 와 계시오."

춘향 어미 그 말 듣고,

"향단아, 너 뒤 초당에 불 밝히고 자리 보아 놓아라."

단단히 일러 놓고 나오는 춘향 어미 보니 세상 사람들이 칭찬하여 일컫던 바 그대로더라. 자고로 사람은 외가 쪽을 닮는다더니 과연 춘향이가 어미를 닮은 것이었다. 춘향 어미 나오는데 오십이 훨씬 넘은 나이인데도 피부는 탱탱하니 윤기가 있고, 자태 또한 고우며 몸짓도 단정하다. 수줍으면서도 점잖은 태도로 신을 끌고서 가만히 방자를 따라 나온다.

이 도령 문 밖에서 이리저리 거닐며 무료하게 서 있는데 방자가 나와 여쭈오되,

"도련님, 저기 오는 사람이 춘향 어미이옵니다."

춘향 어미 나오더니 두 손 공손히 마주 잡고 인사를 한다.

"도련님, 그동안 편안하셨습니까?"

이 도령 반쯤 웃으며,

"춘향 모친인가? 평안하신가?"

"예, 겨우 지내옵니다. 오실 줄 몰라 손님 대접을 제대로 못하옵니다."

"그럴 리 있겠나."

춘향 어미 앞에 서서 인도하여 대문, 중문 다 지나서 후원으로 들어가니, 초당에는 벌써 등불을 밝혀 걸어 두었는데 버들가지 늘어진 사이로 불빛이 새어 나오니 마치 구슬로 엮은 발을 드리운 듯하고, 오른쪽의 벽오동나무 넓은 잎사귀에는 맑은 이슬이 뚝뚝 떨어져 학의 꿈을 깨우는 듯하고, 왼쪽의 키 작은 소나무는 맑은 바람 건듯 불면 늙은 용이 꿈틀대는 것 같다. 창 앞에 심은 파초는 따뜻한 기운 따라 봉황새 꼬리처럼 길쭉한 속잎 빼어나고, 구슬 같은 어린 연꽃은 물 밖에 겨우 뜬 채 맑은 이슬방울을 받고 있다. 커다란 금붕어는 용이라도 되려는 듯 출렁출렁 큰 물결 일으키며 텀벙거리는데, 새로 돋는 연잎은 이슬을 받으려는 듯 함초롬히 벌어지려 한다.

연못 한가운데 우뚝 솟은 석가산 세 봉우리가 층층이 쌓여 있고, 섬돌 아래 학두루미 사람 보고 놀라 두 날개를 떡 벌리고 긴 다리로 징검징검 끼룩 뚜르르 소리 내는데,.계수나무 아래서는 삽살개가 짖는구나. 연못 가운데 다정한 오리 한 쌍 손님 오신다고 두둥실 떠서 기다리는 모양이니 그중에 반갑도다.

처마 아래 다다르니 그제야 춘향이 자기 어머니 명을 받아 비단

∞ 중문(中門) — 대문 안에 또 세운 문.
∞ 석가산(石假山) — 정원 따위에 돌을 모아 쌓아서 조그마하게 만든 산.
∞ 섬돌 — 집채의 앞뒤에 오르내릴 수 있게 놓은 돌층계.

창을 반쯤 열고 사뿐히 걸어 나오는데, 마치 둥그런 밝은 달이 구름 밖에 솟은 듯 그 모습 황홀하기 이를 데 없다. 부끄러운 듯 살포시 내려와 천연스레 서 있는 춘향의 자태는 애간장을 녹인다.

이 도령이 반만 웃으며 춘향에게 묻는 말이,

"피곤하진 않느냐? 저녁은 잘 먹었느냐?"

춘향이 부끄러워 차마 대답하지 못하고 묵묵히 서 있으니, 춘향 어미가 먼저 마루에 올라 이 도령을 자리로 모신 뒤 차를 권하고 담배 붙여 올린다.

이 도령이 춘향 집에 올 때에는 춘향에게 마음 있어 온 것이지 집구경을 온 게 아니었으나, 이 도령에게는 첫 오입인지라 할 말도 못하고 괜스레 방 안만 둘러볼 뿐이다. 밖에서는 무슨 할 말이 있을 것 같았는데 막상 방 안에 마주 앉으니 공연히 헛기침이 나면서 숨이 가쁘고 한기까지 도는데 입은 좀처럼 떨어지지 않는 것이다.

그래서 이리저리 방 안을 둘러보니 용을 새긴 장롱, 봉황 무늬 새긴 옷장에 서랍 달린 작고 예쁜 문갑까지 세간이 이리저리 놓여 있는 가운데 무슨 글씨며 그림도 척척 붙어 있다. 아직 서방도 없고 공부하는 계집아이에게 살림살이와 그림이 왜 있을까마는, 그건 다 이름난 기생이었던 춘향 어미가 자기 딸 주려고 장만한 것이다.

조선의 유명한 명필 글씨 붙어 있고, 그 사이사이에 그림도 많았는데, 다른 건 다 그만두고 「월선도」란 그림이 한눈에 딱 들어왔으니, 「월선도」 제목은 이러하다.

오랜 옛날 옥황상제가 신하들의 조회 받는 그림, 청련거사 이태백이 황학루에 꿇어앉아 『황정경』 읽던 그림, 옥황상제가 하늘에 백옥루 지은 후에 장길을 불러 상량문 짓게 하는 그림, 칠월칠석 오작교에서 견우직녀 만나는 그림, 광한전 달 밝은 밤에 달 속의 선녀가 약 찧는 그림. 이런 그림들을 층층이 붙여 놓으니 그 광채가 찬란하여 정신이 아득하다.

또 한 곳을 바라보니 부춘산 엄자릉이 벼슬을 마다한 채 갈매기로 벗을 삼고 원숭이와 학을 이웃 삼아 양가죽 옷 떨쳐입고 추동강 칠리탄에서 낚싯줄 던지는 모습이 선명하게 그려져 있다. 바야흐로 신선의 경지라 할 만하고 군자가 배필 찾아 놀 만할 곳이로다.

춘향이 일편단심 일부종사 하려 하고 글 한 수를 지어 책상 위에 붙여 놓으니,

봄바람에 대나무는 운치를 머금었는데
이 몸은 향 피워 밤새도록 책을 읽네

"기특하도다. 이 글의 뜻은 효녀 목란의 절개로구나."

∞ 오입(誤入) — 남자가 아내가 아닌 여자와 성관계를 가지는 일.

∞ 세간 — 집안 살림에 쓰는 온갖 물건.

∞ 황정경(黃庭經) — 도가(道家)의 경문(經文).

∞ 장길(長吉) — 당나라 시인 이하(李賀)의 호.

∞ 상량문(上樑文) — 상량은 기둥에 보를 얹고 그 위에 처마 도리와 중도리를 걸고 마지막으로 마룻대를 올리는 일을 말하고, 이때 상량식을 함. 상량식을 할 때에 상량을 축복하는 글을 상량문이라 한다.

∞ 엄자릉(嚴子陵) — 이름은 엄광. 자릉은 자이다. 중국 후한 사람으로 광무제와 친구였다. 광무제가 왕이 된 뒤, 자릉을 귀히 여겨 그에게 간의대부 벼슬을 내렸으나, 끝내 거부하고 부춘산에서 숨어 살았다.

∞ 일부종사(一夫從事) — 한 남편만을 섬김.

∞ 목란(木蘭) — 중국의 서사시 「목란사」에 나오는 주인공. 여자의 몸으로 아버지를 대신하여 남장을 하고 싸움터에 나가서, 공을 세우고 고향으로 돌아왔다고 한다.

춘향과 이 도령,
백년가약을 맺다

이 도령이 춘향의 글을 두고 이렇게 칭찬할 적에 춘향 어미가 여쭙는다.

"귀하고 귀하신 도련님이 이처럼 누추한 곳에 와 주시니 그저 황공하고 감격할 뿐이옵니다."

이 도령 그 한마디에 비로소 말문이 열린다.

"그럴 리가 있는가? 내 우연히 광한루에서 춘향이를 잠깐 보고 아쉽게 보내 버렸기에 향기로운 꽃을 찾는 벌 나비처럼 이렇게 찾아왔다네. 내 자네 딸 춘향이와 백년가약을 맺고 싶은데 자네 마음은 어떠한가?"

춘향 어미 여쭈오되,

"도련님 말씀은 황송하오나 제 말씀 좀 들어 보오. 자하골 성 참판 영감이 임시로 남원 땅에 잠깐 내려왔을 때 솔개를 매로 보고 저더러 수청 들라 하시기에 관장의 명을 어기지 못했사옵니다. 그런데 모신 지 석 달 만에 영감님은 올라가 버리시고, 그 후에 뜻밖에 저 아이를 얻게 되었지요. 영감께 그 사연을 편지로 알리니 젖 떼면 데려가겠다 하시더니, 그 양반 불행하여 세상을 버리시니 보내지 못하고 내 손으로 길렀답니다. 어려서 잔병치레도 많았지만 일곱 살에 『소학』 읽혀 수신제가하고 온순한 마음 낱낱이 가르치니, 과연 족보 있는 집 자식이라 하나를 들으면 열을 알고, 삼강행실 뛰어나니 누가 제 딸이라 하겠습니까? 그런데 집안이 부족하니 재상 집안에 시집보내기 마땅찮고, 사대부는 높은데 서민은 낮으니 이래저래 따지다가 혼인이 늦어져 밤낮으로 걱정입니다. 도련님 말씀은 춘향이와 백년가약 하겠다는 것 같으나, 그런 말씀 마시고 그저 잠깐 놀다가나 가십시오."

그러나 이 말은 진심이 아니다. 지체 높은 사또 자제 이 도령이 기생 딸 춘향을 얻으려 하니 앞날이 어찌 될지 몰라 걱정 반, 다짐 반으로 도령의 마음을 단단히 묶어 두려 한 말이다.

이 도령이 기가 막혀,

"이보게, 좋은 일에는 마가 낀다 하였지만 춘향이도 혼인 전이요, 나도 장가가지 않았는데 문제될 게 뭐 있는가? 정식으로 육례는

∞ 수신제가(修身齊家) — 몸과 마음을 닦아 수양하고 집안을 다스림.
∞ 삼강행실(三綱行實) — 군신, 부자(父子), 부부간에 모범이 될 만한 행동.

못 올릴망정 양반 자식이 한 입으로 두말할 리 있겠는가."

춘향 어미 세상 풍파 다 겪었으니 그쯤에서 물러날 여인네가 아니다.

"도련님, 제 말 좀 더 들으시오. 옛글에 이르기를, 신하를 알려면 임금만 한 이가 없고, 아들을 아는 것도 아비만 한 이가 없다 하였으니, 저 아이의 마음도 저만큼 아는 이가 있겠소. 제 딸년 깊은 속은 내가 잘 알지요. 저 애는 어려서부터 곧기가 대쪽 같아 행여나 신세 그르칠까 걱정이고, 오직 한 낭군만 섬기겠다는 철석같이 굳은 뜻은 푸른 소나무와 대나무, 전나무가 사시절을 다투는 듯, 뽕밭이 바다가 될지언정 내 딸 마음은 변할 리 없을 것이외다. 금은보화며 값비싼 비단이 산처럼 쌓여도 받지 않을 터이니, 백옥 같은 내 딸 마음 맑은 바람엔들 미치겠습니까. 저 아이는 다만 여자의 바른 도리를 본받고자 할 뿐인데, 도련님이 욕심 부려 장가들기 전 부모 몰래 깊은 인연 맺었다가 세상 소문 무서워 버리시면, 옥 같은 내 딸 신세 줄 끊어진 진주라. 짝 잃은 원앙새보다도 처량할 게 뻔한데, 도련님 속마음이 그 말씀과 똑같다면 깊이 헤아려서 행하십시오."

이 도령 더욱 답답하여,

"그런 것은 염려 마오. 내 마음 헤아리니 춘향 향한 굳은 마음 가슴에 가득하니 신분은 다를망정 저와 내가 평생 기약 맺을 시에 전안 납폐 아니 한들 바다처럼 깊은 마음 춘향 사정 어찌 내가 모르겠는가?"

이 도령이 이렇게까지 말하니 청실홍실 드리워 절차 갖춘 혼인을 한다 하여도 이보다 더 확실할까.

"내 춘향이를 첫 번째 아내로 여길 터이니 내 부모 때문에 걱정하지 말고 내 장가들기 전이라도 염려 마오. 대장부가 한번 마음먹었는데 어찌 박대하겠는가? 허락만 해 주오."

춘향 어미 이 말 듣고 이윽히 앉았더니, 지난밤 꿈을 생각해 내고는 이것이 연분이라 짐작하여 흔쾌히 허락한다.

이 도령 동그란 비단 주머니를 맵시 있게 끌러 놓더니 거기서 유리 거울을 꺼내어 춘향에게 내밀며 다짐한다.

"대장부의 굳은 정절 이 거울과 같을지라. 진흙 속에 빠져 천 년이 지나가도 우리 마음 변하겠느냐."

춘향이 두 번 절한 다음 거울을 받아 품 안에 고이 넣고 자신도 신표를 꺼낸다. 하얗고 고운 손을 들어 보라색 비단 속저고리 옷고름 어루만지더니 파르스름한 옥가락지 끌러 내어 단정히 꿇어앉아 도련님께 드리며 가만히 말한다.

"여인네 정절 있는 행실, 이 옥가락지 같사옵니다. 진흙 속에 빠져도, 천만 년이 지나가도 어찌 변하오리까."

이 도령이 그 옥가락지를 받아 비단 주머니에 소중히 넣는다. 이렇듯 분위기 무르익으니 월매는 신이 난다.

"봉(鳳)이 나니 황(凰)이 나고, 장군 나니 용마 나고, 남원 땅에 춘향이 나니 봄바람에 배꽃 같구나. 향단아, 여기 술상 들여오너라."

∞ 육례(六禮) — 조선 시대 결혼의 여섯 가지 절차를 말함.

∞ 전안(奠雁), 납폐(納幣) — 전안은 혼인할 때 기러기를 드리는 예식이고, 납폐는 신랑 집에서 청홍 두 가지 비단을 예물로 신부 집으로 보내는 예식이다.

∞ 신표(信標) — 뒷날에 보고 증거가 되게 하기 위하여 서로 주고받는 물건.

향단이도 덩달아 신이 나, "예." 하고는 정갈하면서도 푸짐한 술상을 들여온다. 큰 양푼에 소갈비찜, 작은 양푼에 돼지고기찜, 펄펄 뛰는 숭어찜, 푸드득 나는 메추리탕, 동래 울산 큰 전복을 잘 드는 칼로 쓱쓱 맹상군의 눈썹처럼 어슷어슷 오려 놓고, 소 염통 산적에 양고기볶음, 싱싱한 꿩 다리를 적벽 대접에 담아 놓고, 질 좋은 분원산 사기그릇에는 시원한 냉면까지 비벼서 내놓는다. 생밤, 찐밤, 잣송이며 호두, 대추, 석류, 유자, 곶감, 앵두, 탕 그릇만큼이나 큼직한 배도 가지런히 쌓아 올렸다.

안주가 이렇듯 호사스러우니 술병치레는 또 어떠할까. 티끌 없는 백옥병과 푸른 바다 위의 산호병, 금정에 잎이 지던 오동병과 목이 긴 황새병, 목 짧은 자라병, 당초무늬 당화병에 금물 칠한 쇄금병, 소상강 동정호의 죽절병. 그 가운데 반짝반짝 은 주전자, 붉은색 놋쇠 주전자, 금물 칠한 주전자를 차례로 갖추어 놓았다.

술 이름을 말하자면, 속세에 귀양 온 이태백의 포도주, 천 년을 살았다는 안기생의 자하주, 산림처사들의 송엽주에 여름 지난 과하주, 비방 따라 빚은 방문주, 천일 만에 마신다는 천일주, 백일 만에 마시는 백일주, 금로주, 팔팔 뛰는 소주, 약주. 그 가운데서 향기로운 연잎주 골라내어 주전자에 가득 붓고, 청동화로 참숯불 위 펄펄 끓는 냄비 속에 살살 둘러 뜨겁지도, 차지도 않게 적당히 데워 내어 금잔, 옥잔, 앵무잔을 그 가운데 띄웠으니 천상의 연꽃과도 같구나. 태을선녀가 연잎배 띄운 듯, 벼슬 높은 영의정 머리 위로 파초잎 모양의 큰 부채 띄우듯 둥덩실 띄워 놓고 권주가 한 곡조 뽑으며 한 잔 또 한 잔이라.

이 도령 자못 흐뭇하여,

"오늘 밤 대접하는 걸 보니 놀랍구나. 여기가 관청이 아닌데도 어찌 이리 잘 갖추었는가?"

춘향 어미 공손히 대답하길,

"내 딸 춘향이를 요조숙녀로 곱게 길러 군자를 배필로 만나 거문고와 비파가 서로 벗 삼듯이 평생 금슬 좋게 살 적에, 사랑에서 노는 손님, 영웅호걸 문장가들에 죽마고우 벗님네들 밤낮으로 찾아와 즐기시지 않겠습니까? 그때 안채의 하인 불러 밥상 술상 재촉할 때 보고 배운 것 없으면 어찌 바로 대령하리까. 안사람이 변변치 못하면 가장의 체면이 깎이는 법. 내 생전에 힘써 가르쳐서 아무쪼록 본받아 행하라고 돈 생기면 사 모으고, 손으로 만들어서 눈에도 익히고 손에도 익히느라 잠시도 놀리지 않고 시킨 것입니다. 부족하다 마시고 그저 입맛대로 잡수시오."

앵무잔에 술 가득 부어 도련님께 올리니 이 도령 그 술 받고 탄식하여 하는 말이,

"내 마음대로 할 수만 있다면야 육례를 치르겠으나 그러지 못하고 남의 눈 피해 개구멍서방으로 들고 보니 참으로 원통하구나. 춘향아, 하지만 우리 이 술을 혼례 술로 알고 마시자."

∞ 산적(散炙) — 쇠고기 따위를 길쭉길쭉하게 썰어 갖은 양념을 하여 대꼬챙이에 꿰어 구운 음식.
∞ 적벽(赤壁) — 경기도 장단에 있는 곳으로 대접의 생산지이다.
∞ 분원(分院) — 조선 시대에, 궁중에서 쓰는 사기그릇을 만들던 곳.
∞ 앵무잔 — 자개를 가지고 앵무새의 부리 모양으로 만든 술잔.
∞ 태을선녀(太乙仙女) — 하늘에 있는 선녀.
∞ 개구멍서방 — 정식 혼례를 올리지 아니하고 남몰래 드나들며 남편 행세를 하는 남자를 낮잡아 이르는 말.

한잔 술 부어 들고,

"너 내 말을 들어 보아라. 첫째 잔은 인사주요, 둘째 잔은 합환주라. 바로 이 술로 근본을 삼으리라. 순임금의 두 왕비 아황과 여영을 만난 연분을 가장 귀하다 이른 것처럼 월하노인이 맺어 준 우리 연분, 삼생가약 맺은 연분, 천만 년 지나도 변치 않을 연분, 대대손손 높은 벼슬 삼정승 육판서 자손 번성하여 자식은 물론 증손, 고손자까지 무릎에 앉혀 놓고 죄암죄암 달강달강 어르면서 백 년 장수 누리다가 한날한시에 마주 누워 우리 함께 죽는다면 천하에 제일가는 연분 아니겠느냐?"

술잔 들어 마신 후에,

"향단아, 술 부어 네 마님께도 드려라. 장모, 이 좋은 날 얼굴빛이 왜 그러오? 경사스런 날이니 술이나 한잔 먹소."

춘향 어미 술잔 들고 한편으로는 기쁘고 한편으로는 슬픈 듯 하는 말이,

"오늘이 딸자식 평생 고락을 맡기는 날인지라 이런 날 무슨 슬픔이 있을까마는, 아비 없이 서럽게 길러 내서 낭군까지 맞게 되니 먼저 간 영감 생각이 간절해서 서러운 마음 드나이다."

이 도령 춘향 어미를 위로하며,

"이왕에 이렇게 된 일, 지난 일은 생각 말고 술이나 먹소."

∞ 합환주(合歡酒) — 전통 혼례식에서 신랑 신부가 서로 잔을 바꾸어 마시는 술.
∞ 월하노인(月下老人) — 부부의 인연을 맺어 준다는 전설상의 늙은이.
∞ 삼생가약(三生佳約) — 삼생(전생, 현생, 내생)을 두고 끊어지지 않을 아름다운 언약이라는 뜻으로, '약혼'을 달리 이르는 말

춘향 어미 술 몇 잔을 마신 뒤에 도련님 통인 불러 상을 물려주면서,

"너도 먹고 방자도 먹여라."

통인 방자가 물려받은 술을 다 마시고 나자 대문, 중문 다 닫고는 춘향 어미 향단이 불러 이부자리를 펴라고 시킨다. 향단이가 이불과 잣베개, 샛별 같은 놋요강, 놋대야 갖춰 잠자리 깨끗이 정돈하자 춘향 어미는,

"도련님, 편히 쉬옵소서. 향단아 나오너라. 오늘밤엔 나하고 함께 자자."

향단이를 재촉하여 안방으로 건너가는구다.

사랑 사랑
내 사랑이야

드디어 춘향과 이 도령이 단둘이 마주 앉으니 그 일이 어찌
되겠느냐. 지는 햇살 받으며 삼각산 제일봉에 봉학 앉아 춤을
추듯, 이 도령 두 팔을 구부정히 들고는 춘향의 섬섬옥수를
받들 듯이 잡고 옷을 벗기기 시작하는데, 그러다 갑자기 두
손을 썩 놓더니 춘향의 가는 허리를 담쏙 안으며 소리친다.

"치마를 벗어라."

춘향이 처음 겪는 일인지라 부끄러워 고개를 숙이고 이리 곰실,
저리 곰실 몸을 비트는데, 그 모습이 마치 물 위에 핀 붉은 연꽃송
이가 잔잔한 바람결에 나부끼는 것만 같다. 참다못한 이 도령이 춘
향의 치마 벗겨 제쳐 놓고 바지 속옷까지 벗기려 하는데, 이리 굼

실, 저리 굼실 동해 청룡이 굽이를 치듯 한없는 실랑이가 이어진다.

"아이, 놓으세요. 좀 놓아요."

"에라, 그건 안 되지."

그렇게 실랑이하던 중에 옷고름을 겨우 끌러 발가락에 딱 걸고는 춘향을 꺼안고 지긋이 누르며 크게 기지개를 켜니 속옷이 스르르 이 도령 발길 아래로 떨어진다. 옷이 활딱 벗겨지니 형산 백옥인들 눈부신 춘향 몸에 비할까. 이 도령 그만 정신이 어지러운 듯 잠시 바라보다가 춘향이 어쩌나 보려고 슬그머니 손을 놓으며,

"아차차! 손 빠졌네."

하는데, 이러는 사이 춘향이가 이불 속으로 쏙 들어가 버린다. 이 도령 왈칵 쫓아 들어가 드러누운 채 저고리를 벗고는 자기 옷을 모두 한데 둘둘 뭉쳐 방 한구석에 던져 두고는 둘이 안고 마주 누우니, 그냥 쌔근쌔근 잠만 잘 리가 있나. 밤새도록 부둥켜안고 땀 흘리며 뒹굴 적에 삼베 이불은 너울너울 춤을 추고, 샛별 같은 놋요강은 장단 맞추듯 쟁강쟁강, 문고리는 달랑달랑, 등잔불도 가물거리니 그 속에서 달게 잘 자고 일어났구나. 그 즐거운 일이야 더 말해 무엇하랴.

하루 이틀 지나니 부끄러움도 잊고 어린것들이라 새로운 맛에 점점 빠져든다. 간간히 희롱도 하고 우스갯소리도 하니 그 모든 것이 사랑가가 되었구나. 둘이서 사랑으로 노는데 똑 이런 모양으로 놀던 것이었다.

사랑 사랑 내 사랑이야

동정호 칠백 리 달빛 아래 무산처럼 높은 사랑

가없는 수평선에 하늘 같고 바다같이 깊은 사랑

옥산의 달 밝은 밤, 가을산 봉우리마다 비친 달 같은 사랑

일찍이 춤 배울 적에 피리 부는 이를 묻던 사랑

유유히 해 지고 달빛 스미는 주렴 사이 복숭아꽃 피어 비친 사랑

곱고 고운 초승달은 분처럼 하얀데 교태 머금은 슬한 사랑

달빛 아래 맺은 삼생 연분, 너와 나 만난 사랑

허물없는 부부 사랑

동산에 꽃비 내리니 모란꽃처럼 활짝 피어 고운 사랑

연평 바다 그물같이 얽히고 설킨 사랑

은하수 직녀의 비단처럼 올올이 이은 사랑

어여쁜 기생의 이불처럼 솔기마다 감친 사랑

시냇가 수양버들처럼 축축 휘늘어진 사랑

남쪽 북쪽 창고에 그득 쌓인 곡식처럼 다물다물 쌓인 사랑

은장식 옥장식의 장식처럼 모서리마다 잠긴 사랑

봄바람에 영산홍 너울대니 노란 벌 흰 나비가 꽃을 물고 즐긴 사랑

푸르고 맑은 강의 원앙새처럼 두둥실 마주 떠 노는 사랑

칠월 칠석 저녁마다 견우직녀 만난 사랑

육관대사 제자 성진이 팔선녀와 놀던 사랑

산도 뽑을 기세당당 초패왕이 우미인과 나눈 사랑

당나라 명황제가 양귀비 만난 사랑

명사십리 해당화처럼 어여쁘고 고운 사랑

네가 모두 사랑이로구나

어화 둥둥 내 사랑아

어화 내 간간 내 사랑이로다

두 사람의 사랑가는 끝없이 이어진다.

"여봐라 춘향아, 저리 가거라.

가는 자태를 보자.

이리 오너라. 오는 자태를 보자.

방긋 웃고 아장아장 걸어라. 걷는 자태를 보자.

너와 내가 만난 사랑, 연분을 팔자 한들 팔 곳이 어디 있나.

생전 사랑 이러하니 사후 기약 없을쏘냐. 춘향아, 너는 죽어 될 것이 있다. 너는 죽어 글자 되되, 땅 지(地) 자, 그늘 음(陰) 자, 아내 처(妻) 자, 계집 녀(女) 자 변이 되고, 나는 죽어 글자 되되, 하늘 천(天) 자, 하늘 건(乾) 자, 지아비 부(夫) 자, 사내 남(男) 자, 아들 자(子) 자 몸이 되어, 계집 녀 변에 딱 붙어서 좋을 호(好) 자로 만나 보자. 사랑 사랑 내 사랑. 또 너 죽어서 될 것이 있다. 너는

네가 모두 사랑이로구나

어화둥둥
내 사랑아

사랑 사랑 내 사랑이야

사랑 사랑 내 사랑이야

어화 내 간간 내 사랑이로다

사랑 사랑 내 사랑이야

사랑 사랑
    내 사랑이야

사랑 사랑 내 사랑이야

죽어 물이 되되, 은하수, 폭포수, 만경 창해수, 청계수, 옥계수, 일대 장강 다 그만두고 칠 년 큰 가뭄에도 항상 넉넉히 흐르는 음양수(陰陽水) 되고, 나는 죽어 새가 되되, 두견새도 되지 말고, 요지의 해와 달 속에 노니는 청조, 청학, 백학이며 대붕조 그런 새 되지 말고 쌍쌍이 오가면서 떠날 줄을 모르는 원앙이란 새가 되어 푸른 물의 원앙처럼 어화둥둥 떠 놀거든 나인 줄을 알려무나. 사랑 사랑 내 간간 내 사랑이야."

"아니, 그것도 난 안 될라요."

"그러면 너 죽어 될 것 있다. 너는 죽어 경주 인경도 되지 말고, 전주 인경도 되지 말고, 송도 인경도 되지 말고, 한양 종로거리 인경 되고, 나는 죽어 인경 망치 되어 저 하늘 별자리 따라 질마재 봉화 세 자루 꺼지고 남산 봉화 두 자루 꺼지고 나면, 인경 첫 마디 치는 소리 그저 뎅뎅 칠 때마다 다른 사람 듣기로는 인경 소리로만 알아도 우리끼리는 '춘향이 뎅 도련님 뎅'이라 여겨 만나 보자꾸나. 사랑 사랑 내 간간 내 사랑이야."

"아니, 그것도 나는 싫소."

"그러면 너 죽어 될 것 있다. 넌 죽어서 방아확이 되고 나는 죽어 방앗공이 되어 '경신년 경신월 경신일 경신시에 강태공 조작 방아', 그저 덜구덩 덜구덩 찧거들랑 나인 줄을 알려무나. 사랑 사랑 내 간간 내 사랑이야."

∞ 인경 — 조선 시대에, 통행금지를 알리거나 해제하기 위하여 치던 종.
∞ 경신년 경신월 경신일 경신시에 강태공 조작 방아 — 우리 풍속에 방아를 처음 만들 때 동티를 없애기 위하여 방아의 몸 한쪽에 '庚申年 庚申月 庚申日 庚申時 姜太公 造作'이라 썼다고 함.

"싫어요. 그것도 나는 아니 될라요."

"어째서 싫다는 것이냐?"

"어째서 난 이생에서나 후생에서나 도련님 밑으로만 된단 말이요? 재미없어 못하겠소."

"그래, 그럼 너 죽어 위로 가게 하마. 너는 죽어 맷돌 위짝이 되고 나는 죽어 아래짝이 되어 이팔청춘 어여쁜 미인들이 섬섬옥수 고운 손으로 맷돌 손잡이 잡고 슬슬 돌려서 둥근 하늘 모난 땅처럼 휘휘 돌아가거든 나인 줄로 알거라."

"싫소, 그것도 아니 될라요. 위에 놓이긴 했지만 맷돌이란 게 볼썽사납게만 생겼잖아요. 무슨 원수 졌기에 일생 한 구멍이 더하니 아무것도 나는 싫소."

"그러면 너 죽어 될 것이 있다. 너는 죽어 명사십리 해당화 되고, 나는 죽어 나비 되어, 나는 네 꽃송이 물고 너는 내 수염 물고 봄바람 건듯 불거든 너울너울 춤추며 놀아 보자꾸나. 사랑 사랑 내 사랑이야 내 간간 사랑이지. 이리 보아도 내 사랑 저리 보아도 내 사랑. 이 모두 내 사랑 같으면 사랑 걸려 살 수 있나. 어화 둥둥 내 사랑, 내 예쁜 내 사랑이야. 방긋방긋 웃는 네 모습은 꽃 중의 꽃 모란꽃이 하룻밤 가랑비에 반만 피어난 듯하구나. 아무리 보아도 내 사랑 내 간간 내 사랑이로다."

"아니, 그것도 나는 싫소."

"그러면 어쩌잔 말이냐. 너와 내가 유정(有情)하니 정(情) 자로 놀아 보자. 같은 소리 정(情) 자 모아 노래나 불러 보자."

"그럼 먼저 불러 보세요. 내 들어 볼 테니."

"내 사랑아 들어 보아라. 너와 내가 유정하니 어찌 아니 다정하리. 고요히 넘실대는 긴 강물에 아득하게 먼 데서 온 나그네 정. 다리에서 차마 이별 못하니 강가 나무가 머금은 정. 남포에서 임을 보내며 북받쳐 오르는 정. 보지 않는 사람 없으니 보내는 나의 정. 한나라 태조 유방의 희우정, 삼정승 육판서 고관대작 모인 조정, 수도하는 도량은 청정, 새색시의 친정, 벗들과 나눈 정, 어지러운 세상 평정, 우리 두 사람 천년 인정, 달빛 밝고 별빛 드문 소상강의 동정, 세상 만물 조화가 정, 근심걱정, 소지원정, 주는 인정, 음식 투정, 복 없는 저 방정, 송정, 관정, 내정, 외정, 애송정, 천양정, 양귀비의 침향정, 이비의 소상정, 한송정, 온갖 꽃 흐드러지게 피니 호춘정, 기린봉에 달 떠오는 백운정, 너와 내가 만난 정, 인정 실정 말하자면 내 마음은 원형이정, 네 마음은 일편탁정, 이처럼 다정하다 만약 정 깨지면 복통 절정 걱정되니 진정으로 원정하자는 바로 그 정 자니라."

그제야 춘향이 좋아라 웃으며 하는 말이,

"정 속은 아주 좋소. 그럼 이젠 우리 집 재수 좋으라고 안택경이나 좀 읽어 주오."

이 도령 허허 웃으며,

"그뿐인 줄 아느냐? 또 있다. 이번엔 궁(宮) 자 노래 한번 들어 보려느냐?"

"아이고, 얄궂고 우스워라. 궁 자 노래가 무엇이오?"

"너 한번 들어 보아라. 좋은 말이 많으니까. 좁은 천지 열리라고 개태궁, 뇌성벽력 비바람 속에 상서로운 한 줄기 빛 장엄하구나 창합궁, 술로 만든 연못에 구름 같은 손님이라 은나라 주왕의 대정궁, 진시황의 아방궁, 천하를 얻게 된 까닭 물으시던 한 태조의 함양궁, 그 옆에 장락궁, 반첩여의 장신궁, 당나라 황제의 상춘궁, 이리 오르니 이궁, 저리 오르니 별궁, 용궁 속 수정궁, 월궁 속의 광한궁, 너와 내가 합궁하니 평생 무궁이라. 이 궁 저 궁 다 버리고 네 두 다리 사이의 수룡궁에 내 힘줄 방망이로 길이나 내자꾸나."

춘향이 부끄러워 살풋 웃으며,

"아유, 그런 잡담은 하지 마오."

"잡담이 아니다. 춘향아, 우리 둘이서 업음질이나 하여 보자."

"애고, 상스럽게 업음질을 어떻게 해요?"

이 도령 춘향 말에 아랑곳하지 않고 업음질 여러 번 해 본 듯 천연스레 말한다.

"춘향아, 천하에 쉬운 것이 업음질이란다. 너하고 나하고 활딱 벗고서 서로 업고 놀고 안고 놀면 그게 업음질이지 무엇이겠느냐?"

"애고, 나는 부끄러워 못 벗겠소."

"에라, 요 계집애야, 그건 안 될 말이지. 그럼 내가 먼저 벗으마."

버선이며 대님, 허리띠, 바지와 저고리 활딱 벗어 한쪽 구석에 던져 놓고 이 도령이 춘향 앞에 우뚝 서니, 춘향이 그 모습 보고 빵긋 웃고 돌아서다 하는 말이,

"영락없는 낮도깨비 같소."

"오냐, 네 말 좋구나. 헌데 이 세상엔 짝 없는 게 없는 법. 우리 두

∞ 소지원정(所志原情), 일편탁정(一片托情), 원정(原情) ─ 소지원정은 '소장을 올려 억울한 사정을 호소하는 것', 일편탁정은 '한마음 의지하는 정', 원정은 '사정을 하소연함'을 뜻한다.

∞ 안택경(安宅經) ─ 안택은 집안에 탈이 없도록 무당이나 맹인을 불러 집안의 신들을 위로하는 일. 안택경은 이때 읽는 경문.

∞ 합궁(合宮) ─ 남녀가 잠자리를 같이 하는 것.

사랑 사랑 내 사랑이야

어화 둥둥 내 사랑아

네가 모두 사랑이로구나
　사랑 사랑 내 사랑이야 어화 간간 내 사랑이로다
　사랑 사랑 내 사랑이야

사랑 사랑 내 사랑이야
사랑 사랑 내 사랑이야

네가 모두 사랑이로구나 어화 둥둥 내

　　　　　사랑 사랑 내 사랑이야
　　어화 둥둥 내 사랑아

어화 간간 내 사랑이로다

사랑 사랑 내 사랑이야

사랑 사랑 내 사랑이야

사랑 사랑 내 사랑이야

사랑아 어화 내 간간 내 사랑이로다

사랑 사랑 내 사랑이야

사랑 사랑 내 사랑이야

사랑 사랑 내 사랑이야

사랑 사랑 내 사랑이야

사랑 사랑 내 사랑이야

사랑 사랑 내 사랑이야

어화 둥둥 내 사랑아

어화 간간 내 사랑이로다

사랑 사랑 내 사랑이야

사랑 사랑 내 사랑이야

도깨비 한바탕 신나게 놀아나 보자."

"그럼 불이나 끄고 놀아요."

"불이 없으면 무슨 재미가 있겠느냐. 빨리 옷 벗어라, 어서 벗어라."

"애고, 난 싫어요."

이 도령 춘향 옷을 벗기려고 뛰놀며 어른다. 깊은 산중 늙은 호랑이가 살찐 암캐를 물어다 놓고 이가 없어 먹지는 못한 채 흐르릉 흐르릉 아웅 어르는 듯, 북해 흑룡이 여의주 입에 물고 오색구름 사이를 넘노는 듯, 단혈산 봉황새가 대나무 열매 입에 물고 오동나무 사이를 뛰노는 듯, 깊은 못에서 한가로이 우는 학이 난초를 입에 문 채 노송 사이를 넘노는 듯, 춘향의 가는 허리를 한쪽 팔로 휘감아 담쏙 안고는 아드득 기지개 켜면서 귓불을 쪽쪽 빨고, 빨간 입술도 쪽쪽 빨면서 주홍색 혀를 물고, 순금 장롱 안에 오색으로 그려 놓은 비둘기처럼 쌍쌍으로 오가며 꾸꾸르르 꾹꿍 으흥거리며, 춘향 몸을 뒤로 돌려 담쏙 안고서 젖을 쥐고 발발 떨며 저고리, 치마, 속옷까지 다 벗겨 놓으니, 춘향이 부끄러워 한쪽으로 가만히 돌아앉는데, 이 도령 답답하여 가만히 살펴보니 춘향 얼굴이 발갛게 상기되고 이마에는 구슬땀이 송글송글 맺혔구나.

"얘 춘향아, 이리 와 업히거라."

춘향이 여전히 부끄러워하니,

"우리 둘뿐인데 부끄럽긴 뭐가 부끄럽다는 것이냐? 이미 다 아는 사이인데 어서 와 업히거라"

이 도령 춘향을 끙 하고 업더니,

"아따, 이 계집아이 똥집이 꽤나 무겁구나. 네가 내 등에 업히니 마음이 어떠하냐?"

"한껏 좋소이다."

"정말 좋으냐?"

"정말 좋아요."

"나도 좋다. 그럼 내가 좋은 말을 할 것이니 넌 그저 대답만 하
거라."

"어디 말씀해 보세요."

"춘향이 네가 금이지야?"

"금이라니 당치도 않아요. 한나라 진평이가 초패왕의 신하 범
아부를 잡으려고 황금 사만 냥을 뿌렸다는데 아직 금이 남아 있으
리까."

∞ **진평**(陳平) — 중국 한나라의 정치가(?~B.C.178). 한고조를 도와 천하 통일을 이루었다.
∞ **범 아부**(范亞父) — 항우의 신하 범증을 말한다. 항우가 범증을 높여 아부라 했다. 초한 시절
진평이 항우와 범증 사이를 갈라놓으려고 황금 사 만을 써서 결국 뜻을 이루었다.

"그러면 네가 옥이냐?"

"옥이라니 그것도 당치 않아요. 만고 영웅 진시황이 형산에서 옥을 캐어 이사의 명필로 '하늘의 명을 받았으니 오래오래 살며 길이 번창하리라'고 옥새에 새겨 대대로 전하였으니 옥이 어찌 되오리까."

"그러면 네가 무엇이냐?　　　해당화냐?"

　　　　　　　　　"해당화라니 당치 않아요. 명사십리도 아닌데 어찌 해당화가 되오리까."

"그러면 밀화, 금패, 호박, 진주냐?"

　　　　　　　　　　"아니, 그것도 당치 않소. 삼정승 육판서 대신 정승 팔도 방백 수령님들 갓끈이며 풍잠 다 만들고 남은 것으론 전국 각지 일등 기생 가락지를 다 만드니 호박 진주도 안 될 말이오."

"그럼 네가 대모, 산호냐?"

"아니, 그것도 내 아니오. 대모갑으로 큰 병풍 만들고 산호로 난간 만들어 남해 해신 광리왕의 상량문에 모두 쓰여 수궁 보물 되었으니 대모, 산호도 당치 않아요."

　　　　　　"그럼 네가 반달이냐?"

　　　"반달이라니 당치 않아요. 오늘 밤에 초승달 뜬다면 모를까, 푸른 하늘에 뜬 밝은 달이 어떻게 저란 말씀이오."

"그럼 대체 네가 무엇이냐?　　나를 홀려 먹는 불여우더냐?"

∞ 풍잠(風簪) ― 망건의 앞이마에 다는 장식품이면서 갓을 쓸 때는 바람에 갓이 뒤쪽으로 넘어가지 않게 하는 것.

네 어머니 너를 낳아 곱게곱게 길러 내어 나만 홀려 먹으려고 생겼느냐? 사랑 사랑 사랑이야, 내 간간 내 사랑아. 네가 무엇을 먹으려느냐? 생밤, 찐밤을 먹으려느냐? 둥글둥글 수박 윗 꼭지를 잘 드는 칼로 뚝 떼어 내고 강릉에서 난 흰 꿀 듬뿍 부어 은수저로 붉은 점 한 점을 먹으려느냐?"

"아니, 그것도 나는 싫소."

"그러면 무엇을 먹으려느냐? 시큼한 개살구를 먹으려느냐?"

"아니, 그것도 나는 싫소."

"그러면 무얼 먹으려느냐. 돼지 잡아 주랴, 개를 잡아 주랴? 내 몸을 통째로 먹으려느냐?"

"여보 도련님, 내가 사람 잡아먹는 거 보았소?"

"에라, 요거 안 될 말이로다. 어화둥둥 내 사랑아. 애, 춘향아, 이젠 그만 내리려무나. 세상일에는 다 품앗이란 게 있는 법. 내가 널 업었으니 이젠 네가 날 업어야지."

"아이고, 도련님은 기운이 세서 날 업었지만 나는 기운이 없는데 도련님을 어찌 업겠어요."

"업는 수가 있느니라. 나를 들어서 높게 업으려 하지 말고 발이 그저 땅에 달락말락 뒤로 잦은 듯이 업으면 되지."

춘향이 이 도령을 업고 툭 추어 놓으니 중심이 비끗 틀어져 이리 흔들, 저리 흔들. 춘향이 웃음을 터뜨리며,

"애고 상스러워라."

"내가 네 등에 업혀 노니 기분이 어떠냐? 나도 널 업고 좋은 말을 했으니 너도 날 업고 좋은 말 해야지."

"그럼 어디 저도 좋은 말 한마디 해 볼까요? 제가 도련님을 업으니, 은나라의 어진 재상 부열이를 업은 듯, 강태공을 업은 듯, 가슴속에 뛰어난 지략을 품었으니 이름난 대신이 되오리다. 나라의 기둥 같고 초석 같은 충신을 모두 헤아리니 사육신을 업은 듯, 생육신을 업은 듯, 해 선생 달 선생 최치원을 업은 듯, 의병장 고경명을 업은 듯, 요동벌 정벌한 김응하를 업은 듯, 송강 정철을 업은 듯, 충무공 이순신을 업은 듯, 우암 송시열, 퇴계 이황, 사계 김장생, 명재 윤증을 업은 듯. 이렇듯이 훌륭하니 내 서방이지, 알뜰 간간 내 서방. 진사에 급제하고 곧바로 한림학사 되어 부승지, 좌승지, 도승지로 벼슬 올라 팔도 관찰사 지낸 후에 내직으로 올라와 각신, 대교 거쳐 대제학, 대사성, 육판서, 좌의정, 우의정, 영의정의 삼정승 다 하신 후 내직 삼천, 외직 팔백 중에 기둥 같은 신하, 내 서방 알뜰 간간 내 서방이지."

이 도령 춘향 어깨에 매달려 아주 진물 나게 문질렀구나.

"춘향아, 우리 말놀음이나 좀 해 보자."

"애고, 참 우스워라. 말놀음이 대체 뭔데요?"

"천하에 쉬운 것이 말놀음이지. 너와 내가 벗은 김에 너는 온 방바닥을 말처럼 기어 다녀라. 나는 네 엉덩이에 딱 붙어서 네 허리를 꽉 잡고서 네 볼기짝을 내 손바닥으로 탁탁 치면서 '이랴' 하면, 넌 말처럼 '흐흥' 하면서 뒷발질로 물러서며 뛰어라. 야무지게 뛰다 보면 탈 승(昇) 자 노래가 저절로 나오느니라."

∞ 연(輦), 평교자, 초헌, 독교, 별연 ─ 가마와 수레의 이름들이다.
∞ 기계, 오목섬 ─ 기계는 남자의 성기, 오목섬은 여자의 성기를 일컫는 말이다.

이 도령 제 흥에 겨워 한껏 읊어 대는데,

"타고 놀자, 타고 놀자. 황제였던 헌원씨가 무기 쓰는 법을 익히고 안개를 일으켜서 저 탁록 벌판에서 대항하던 치우를 사로잡아 승전고 울리면서 거룩한 수레 높이 타고, 하나라 우임금이 구 년 홍수 다스릴 때 수레를 높이 타고, 적송자는 구름 타고, 여동빈은 백로 타고, 이태백은 고래 타고, 맹호연은 나귀 타고, 태을선인은 학을 타고, 중국 천자는 코끼리 타고, 우리 전하는 연을 타고, 삼정승은 평교자 타고, 육판서는 초헌 타고, 훈련대장은 수레 타고, 각 읍 수령은 독교 타고, 남원 부사는 별연을 타고, 해 저문 장강의 고기잡이 노인은 한 조각 작은 배를 도도히 타는데, 나는 탈 것이 없으니 오늘 밤 깊은 밤에 우리 춘향 배를 넌지시 타고서 홑이불로 돛을 달고 내 기계로 노를 저어 오목섬에 들어간다. 순풍에 음양수를 시름없이 건너갈 때 말을 삼아 탈 양이면 걸음걸이 없겠느냐. 내가 마부 되어 너의 귓전을 넌지시 잡으리니 내닫는 말처럼 거칠게 걸어 보아라. 성큼성큼 걸어라, 청총마 뛰듯이 뛰어라."

둘이서 밤 깊도록 이런 장난을 주고받으니 이런 장관이 어디 있으랴. 이팔청춘 두 몸이 만나 미친 듯이 사랑하니 세월 가는 줄도 모르더라.

「춘향전」의 주인공은 바로 나?

기생 홍랑의 사랑

「춘향전」의 두 주인공 춘향과 이 도령처럼 신분을 뛰어넘는 사랑 이야기는 많은 사람들에게 기쁨을 줍니다. 하지만 실제로 이런 일이 일어나는 것은 쉽지 않은 일입니다. 현실에는 이들의 사랑을 방해하는 무수히 많은 장애물이 있으니까요. 그만큼 어려운 일이니까, 어려운 만큼 사람들을 마음을 뜨겁게 달구는 뭔가가 있으니까, 이런 이야기에 사람들이 열광하는 것이겠지요. 여기 춘향과 이 도령 만큼 절절하게 사랑했던, 진짜 신분을 뛰어넘는 사랑을 했던 인물들이 있습니다. 바로 기생 홍랑과 최경창입니다.

첫 만남

최경창은 전라남도 영암군 군서면 동구림리에서 어린 시절을 보냈다. 이름난 학자였던 박순(朴淳, 1523~1589)의 문하에서 공부하면서 일찍부터 탁월한 문장을 보였고, 악기를 다루는 재주도 뛰어났다. 최경창은 1568년 과거에 합격하여, 1573년 가을 함경북도 경성에 부임했는데, 이곳에서 처음으로 기생 홍랑을 만났던 것으로 보인다.

사랑

최경창의 후손들이 모여 사는 경기도 파주시 교하읍 서패리에는 두 사람의 만남에 관한 이야기가 전해져 내려온다. 변방에 군사 활동을 나갔던 최경창은 그 고을 관리가 마련한 술자리에 참석했는데, 거기에 홍랑이 있었다. 서로 술잔을 주거니 받거니 하면서 시를 읊는데, 홍랑이 그 자리에 최경창이 있는 줄도 모르고, 그의 시를 읊은 것이다. 이에 최경창이 홍랑에게 누구의 시를 좋아하냐고 물었다. 그러자 홍랑은 최경창 선생의 시를 좋아한다고 대답했다. 그제야 최경창은 자신의 신분을 밝혔다고 한다. 최경창은 당시 조선 중기 8대 문장가로 불렸고, 특히 당시(唐詩)에 뛰어난 평가를 받았다. 시와 풍류를 아는 양반 최경창과 미모와 재주를 갖춘 경성 기생 홍랑은 곧 사랑하는 사이가 되었다.

이별

하지만 변방의 관리와 기생의 사랑은 처음부터 한계가 뚜렷했다. 변방 관리는 임기가 끝나면 다시 돌아가야 하기 때문이다. 조선 시대 기생은 노비였기 때문에 함부로 그 지역을 떠날 수 없었다. 기생은 공물(公物, 국가 기관이나 공공 단체에 속한 물건) 또는 관물(官物, 정부나 관청 소유의 물건)이라고 해서 물건 취급을 받았고, 그러니 관청의 관리 대상일 뿐이었다. 경성에서의 임기를 마친 최경창은

서울로 돌아가게 되었고, 두 사람은 헤어질 수밖에
없었다. 최경창은 당시 상황을 이렇게 적고 있다. "나와
이별한 뒤, 홍랑이 함관령(咸關嶺)에 이르렀을 때 날이
저물고 비가 내렸다. 이곳에서 홍랑이 내게 시를 지어
보내왔다."

홍랑의 시조,
'묏버들 가려……'의
친필.

최경창이 홍랑의 시에
화답해서 보냈다는 두 편의
시 중 하나. 「송별(送別)」

묏버들 가려 꺾어 보내노라 님에게
주무시는 창밖에 심어 두고 보소서
밤비에 새잎 나거든 나인가도 여기소서

재회

서울로 온 지 몇 해 되지 않은 봄, 사헌부는 최경창의 파직을 청하는 상소를 올렸다. 관리가 몸가짐을 삼가지
않고 북방의 기생을 데려와 살고 있다는 것이었다. 경성에서 홍랑과 이별한 지 몇 해가 지났건만 이 무슨
일일까? 사실은 이러했다. 최경창은 당시의 상황을 이렇게 적고 있다. "올해년에 내가 병이 들어 봄부터
겨울까지 자리에서 일어나지 못했다. 홍랑이 이 소식을 듣고 칠일 밤낮을 걸어 한양에 도착했다." 병이 든
최경창을 걱정해 한 행동이 그를 파직으로 몰고 간 것이다. 그도 그럴 것이 당시는 국상(國喪, 왕실의 초상)
중이었고, 함경도와 평안도 사람의 한양 출입을 제한하는 법이 있던 시절이었다. 두 사람의 재회는 최경창의
파직과 또 한 번의 이별로 막을 내리고 말았다.

영원한 이별

홍랑의 일로 파직당한 최경창은 선조 9년(1583)에
마흔다섯의 나이로 죽고 만다. 이것은 홍랑과 최경창의
사랑이 현실에서 계속될 수 없다는 것을 의미한다.
그렇다면 남은 홍랑은 최경창의 죽음을 어떻게
받아들였을까? 조선 중기의 학자 남학명은 문집
『회은집』에서 최경창이 죽은 후 홍랑의 행동을 적고 있다.
즉 "최경창이 죽은 뒤 홍랑은 스스로 얼굴을 상하게 하고,
그의 무덤에서 시묘살이를 했다."는 것이다. 3년의 세월
동안 움막을 짓고 씻지도 않고 꾸미지도 않으며 묘를
지켰다고 한다. 가슴 아픈 것은 기생인 홍랑이 최경창의
무덤을 지키기 위해 스스로 자신의 얼굴에 상처를
냄으로써 다른 남자의 접근을 막았다는 것이다.
기생이라는 신분의 한계 속에서도 홍랑이 절개를 지킬 수
있었던 것은 이처럼 지극한 사랑이 있었기 때문이다.

최경창 부부의 합장묘(위쪽) 앞 홍랑의 묘. 홍랑이 죽고 난 뒤,
해주 최씨 문중은 그녀를 한 집안 사람으로 여겨 장사를 지냈다.
그리고 최경창 부부의 합장묘 바로 아래 홍랑의 무덤을 만들어
주었다. 두 사람의 사랑 이야기도 대를 이어 전해왔고, 후손들은
지금까지도 예를 갖춰 홍랑의 묘를 돌보고 있다.

아
홉

애고애고 내 신세야, 이별을 어찌할꼬

하루는 뜻밖에 방자가 와서 여쭈기를,

"도련님, 사또께서 부르십니다."

무슨 일인가 싶어 이 도령 들어가니 사또 말씀하기시를,

"애야, 서울에서 동부승지로 올라오라는 명이 내려왔구나. 나는 여기서 뒷정리 마친 다음 올라갈 터이니 너는 먼저 어머니 모시고 바로 떠나거라."

아버지 벼슬 높아졌다는 소식에 이 도령 한편 반갑기도 하나, 다른 한편으로는 춘향이 생각에 가슴이 먹먹하고 답답하여, 갑자기 온몸에 힘이 탁 빠지면서 간장이 녹는 듯 두 눈에서 뜨거운 눈물이 주르르 흘러내려 옷깃을 적신다. 사또께서 보시고,

"아니, 너 왜 우느냐? 그럼 여기서 평생 살 줄 알았더냐? 승진하여 서울로 가게 된 것이니 섭섭해 말고 빨리 짐 챙겨서 내일 오전 중으로 떠나거라."

이 도령 겨우 대답하고 물러나와 안채로 들어간다. 무릇 사람은 위아래를 막론하고 어머니한테는 허물이 적은지라, 어머니께 울면서 춘향의 일을 털어놓는다. 허나 제 편을 들어 줄 줄 알았다 실컷 꾸중만 들은 이 도령은 터벅터벅 춘향 집으로 발길을 옮기는데, 서러움은 기가 막히나 대장부 체면에 길바닥에서 울 수는 없는 노릇이라 꾹꾹 참고 길을 가는데, 속에서 두부장 끓듯 설움이 끓어오른다. 드디어 춘향 집 문 앞에 도착하니 참았던 울음이 통째, 건더기째, 보자기째 왈칵 쏟아져 내린다.

"어푸 어푸 어푸, 어허엉."

춘향이 깜짝 놀라 뛰어나오며,

"애고, 이게 웬일이오? 사또 부름 받고 가시더니 무슨 꾸중이라도 들으셨소? 오다가 길에서 무슨 분한 일이라도 당하셨소? 서울에서 무슨 소식 왔다더니 조부모 상이라도 당하셨소? 점잖으신 우리 도련님이 이것이 웬일이오?"

춘향이 이 도령 목을 담쑥 안고 치맛자락을 걷어서 얼굴에 흐르는 눈물을 정성껏 닦아 준다.

"울지 마오, 울지 마오."

울음이란 것이 원래 말리는 사람이 있으면 더 울게 되는 게 아닌가. 이 도령 기가 막혀 더 슬프게 울어 대니 춘향이 발칵 화를 내어,

"여보 도련님, 우는 입 보기 싫소. 그만 울고 이유나 말하시오."

"사또께서 동부승지가 되셨단다."

춘향이 좋아하며,

"아니, 그런 경사에 왜 우신단 말이오?"

"그리 되면 너를 버리고 가게 될 터이니 내가 답답하지 않겠느냐."

"언제는 남원 땅에서 평생 사실 줄 아셨소. 어찌 저와 함께 가길 바라리오. 도련님 먼저 올라가시면 저는 여기서 팔 건 팔고 세간 정리해서 나중에 뒤따라 올라갈 터이니 아무 걱정 마시오. 내 말대로 하면 군색하지 않고 좋을 것이오. 제가 서울 가더라도 도련님 댁에선 살 수 없을 것이니, 도련님 댁 가까운 데 방 두어 개쯤 있는 조그마한 집이나 한 칸 마련해 주소서. 우리 식구 올라가더라도 공밥 먹진 않을 것이니 그런 걱정은 마시오. 그럭저럭 지내다가 도련님 나만 믿고 장가 아니 갈 수 있소? 부잣집 재상가 요조숙녀 가리어서 혼인하더라도 아주 잊지는 마옵소서. 그러다 도련님 과거 급제하고 지방에 부임할 때 저를 첩으로 내세우면 무슨 말이 나오리까. 그리 알고 조처해 주시오."

"그게 이를 말이냐. 사정이 이러하니 네 말을 사또께는 못 여쭈고 어머니께 여쭈었더니 펄펄 뛰며 꾸중이 대단하시더라. 양반집 자식이 부모 따라 지방에 왔다가 기생첩을 얻어 데려간다는 말인데, 그리 되면 내 앞길에도 좋지 않고 소문나면 벼슬도 못 한다 하더구나. 어쩔 도리 없이 이별할 수밖에 없다."

춘향이 이 말을 듣더니 갑자기 얼굴빛이 확 변하며 머리를 흔들고 눈을 돌리는데, 눈을 간잔지런하게 뜨고 눈썹이 꼿꼿해지면서 코가 벌렁벌렁, 이를 뽀드득뽀드득 갈며 온몸을 수숫잎 틀 듯하고는 매가 꿩 차는 듯하고 앉았더니,

"허허, 이게 웬 말이오."

왈칵 뛰어 달려들어 치맛자락도 와드득 좌르륵 찢어 버리고, 머리카락도 와드득 쥐어 뜯어내서는 싹싹 비벼 그걸 이 도령 앞에다 휙 내던지면서,

"뭐가 어쩌고 저째요? 이별이오? 지금 이별이라 하시었소? 다 쓸데없다, 다 쓸데없어."

그러더니 거울이며 분갑, 산호 머리꽂이를 손에 잡히는 대로 움켜쥐더니 방문 밖으로 탕탕 집어던지며 발을 동동 구르는가 하면 손뼉도 탁탁 치면서 돌아앉아 한탄하며 하는 말이,

"서방 없는 춘향이가 세간살이 무슨 쓸모 있고, 곱디 곱게 단장하여 누구 눈에 뵈일꼬. 몹쓸 년의 팔자로다. 이팔청춘 젊은것이 이별 될 줄 어찌 알았으랴. 부질없는 이내 몸을 허망하신 말씀으로 앞날 신세 버렸구나. 애고애고, 내 신세야."

한참 울며 신세타령을 하던 춘향이 천연덕스럽게 돌아앉아,

"여보 도련님, 이제 막 하신 말씀이 참말이오, 농담이오? 우리 둘이 처음 만나 백년 언약 맺을 적에 마님 사또께서 시켜서 한 일이랍니까? 핑계는 무슨 핑계요."

이 도령 무안하여 아무 말없이 앉아만 있을 뿐이다.

"도련님, 말이면 다 말인 줄 아시오. 광한루에서 잠깐 보고 내 집에 찾아와서 인적 없는 한밤중에 도련님은 저기 앉고 춘향이 여기 앉아, 나에게 하신 말씀, '춘향이 너를 첫 번째 부인으로 알 것이니 내가 장가들기 전인 것은 염려하지 마라.' 이러지 않으셨소? 지난 오월 단옷날 밤 내 손을 부여잡고 우릉퉁퉁 밖에 나와 마루에 우뚝 서서 맑은 하늘 천 번이나 가리키며 만 번이나 맹세키로, 정녕 내가 믿었더니, 결국에 가실 때는 톡 떼어 버리시니 이팔청춘 젊은것

이 낭군 없이 어찌 살까. 길고 긴 가을밤 어두컴컴한 빈 방에서 임 그리는 그 시름 어이할꼬. 애고애고, 내 신세야. 모질도다 모질도다, 도련님이 모질도다. 독하도다 독하도다, 서울 양반 독하도다. 원수로다 원수로다, 존비귀천 원수로다. 천하에 다정한 게 부부 사이 정이건만 이렇듯 독한 양반 이 세상에 또 있을까. 애고애고, 내 일이야. 여보 도련님, 춘향 몸이 천하다고 함부로 버리시면 아무 탈 없을 줄 아오? 팔자 기구한 춘향이가 밥 못 먹고 잠 못 자면 며칠이나 살 듯하오? 그리움에 병이 들어 애통하다 죽게 되면 불쌍한 이내 몸이 귀신 될 것이니 귀하신 도련님께 그 아니 재앙이오. 사람대접을 그리 마오. 세상천지에 사람을 이리 대접하는 법이 어디 있단 말이오. 죽고지고, 죽고지고, 애고애고, 설운지고."

한참을 이렇듯 자지러지게 슬피 우니, 이 소리 듣던 춘향 어미는 사정도 모르고,

"애고, 저것들이 또 사랑싸움이 났구나. 참말로 아니꼽다. 눈구석에 쌍가래톳 설 일 많이도 보네."

하고 있는데, 아무래도 울음이 너무 긴 듯하다. 어쩐지 좀 이상스런 생각이 들어 하던 일 밀쳐 두고 가만가만 들어 보니 아무리 들어도 이별이로구나.

"허허, 이것 큰일 났구나."

월매 두 손뼉을 땅땅 마주치며,

∞ 존비귀천(尊卑貴賤) ─ 사회적 지위나 신분의 높음과 낮음 또는 귀함과 천함.
∞ 눈구석에 쌍가래톳 설 일 ─ 눈꼴 사나운 일.

"허허, 동네 사람들 내 말 좀 들어 보소. 오늘로 우리 집에 사람 둘이 죽습네다."

방 사이에 놓인 두 칸 마루 위로 성큼 오르더니 미닫이문을 쾅쾅 두드려 대면서 와르륵 달려들어 주먹으로 춘향이를 겨누면서,

"이년, 이년, 썩 죽어라. 살아 봐야 쓸데없다. 너 죽은 시체라도 저 양반이 지고 가게 썩 죽어 버려라. 저 양반 서울 가면 누구 간장을 녹이려느냐? 이년, 이년, 말 듣거라. 내 항상 이르지 않더냐. 후회하기 십상이니 도도하게 굴지 말고, 그저 보통 사람 가리어서 형편 신분 너와 같고, 재주 인물 너와 같은 봉황의 짝을 얻어, 둘이서 오순도순 내 앞에서 노는 모양 내 눈으로 보게 되면 너도 좋고 나도 좋을 거라 하지 않더냐. 네 마음 도도하여 남과 다르더니 잘 되고 잘 되었다."

두 손뼉 땅땅 마주치면서 이번에는 이 도령 앞으로 달려들어,

"나하고 말 좀 해 봅시다. 내 딸 춘향이를 버리고 간다 하니 무슨 죄로 그러시오? 춘향이 도련님 모신 지 거의 일 년이 다 되었으되 행실이 그르던가, 예절이 그르던가, 바느질 솜씨가 없던가, 말씨가 그르던가, 행동이 난잡해서 길거리 천한 기생처럼 음란하던가, 뭐가 그르던가. 이 봉변이 웬일인가. 군자가 숙녀 버리는 법 칠거지악 아니면 못 버리는 줄도 모르는가. 내 딸 춘향 어린것을 밤낮으

∞ 십상(十常) ― 십상팔구(十常八九)의 준말. 열에 여덟이나 아홉 정도로 거의 예외가 없음.
∞ 칠거지악(七去之惡) ― 예전에, 아내를 내쫓을 수 있는 이유가 되었던 일곱 가지 허물. 시부모에게 불손함, 자식이 없음, 행실이 음탕함, 투기함, 몹쓸 병을 지님, 말이 지나치게 많음, 도둑질을 함 따위이다.

로 사랑할 땐, 안고 서고 눕고 자며 백 년 삼만육천 일을 떠나 살지 말자 하고 밤낮으로 어르더니, 이제 와서 떠날 때는 이렇게 뚝 떼어 버리시니 버들가지 천만 줄기인들 가는 봄바람을 어이하며, 낙화 낙엽 되고 나면 어느 나비 다시 올까. 옥 같은 내 딸 춘향 꽃처럼 고운 몸도 세월 가면 별 수 없이 늙어져서 홍안이 백발 되면, '시절이여 시절이여, 다시는 돌아오지 않는구나'라 하였으니, 천하의 미인도 다시는 젊어지지 않으리니 무슨 죄가 무거워서 백 년 세월을 허송하오리까. 도련님 가신 후로 내 딸 춘향 임 그릴 때, 달 밝은 깊은 밤에 겹겹이 쌓인 근심, 어린것이 낭군 생각 절로 나서 그저 담배 한 대 피워 물고 초당 앞 화단가를 이리저리 거닐다가 불꽃 같은 그리움이 가슴에서 솟아 나와 손들어 눈물 씻고 '후유' 하고 한숨 쉬고, 북쪽을 가리키며 한양 계신 도련님도 나처럼 그리워하시는지, 무정하여 아주 잊고 편지 한 장 안 하시나. 긴 한숨에 흐르는 눈물이 꽃 같은 얼굴, 붉은 치마저고리 다 적시고, 제 방으로 들어가서 옷도 벗지 않은 채 외로운 베개 위에서 벽만 안고 돌아누워 밤낮으로 긴긴 탄식하며 울 게 뻔하니 이게 병 아니고 무어란 말이오. 상사병 나서 깊이 든 병 내가 구하지 못하여 저 어린것이 원통히 죽게 되면 칠십 먹은 늙은이가 딸 잃고 사위 잃고, 태백산 갈가마귀가 물어다 던진 게 발과 같으리니 혈혈단신 이내 몸이 누굴 믿고 살란 말이오. 남 못 할 일 그리 마오. 애고애고, 설운지고. 그리는 못하지요. 몇 사람 신세를 망치려고 안 데려간단 말이오. 도련님은 대가리가 둘 달렸소? 애고 무서워라, 이 쇳덩이처럼 몰인정한 사람아."

춘향 어미가 왈칵 뛰어 달려드니, 이 일이 사또께 알려지면 큰 야단이 나겠다 싶어 이 도령 말한다.

"이보소 장모, 춘향이만 데려가면 그만두겠나?"

"그래, 안 데려가고 어이 견뎌 낼까?"

"너무 거세게 화내지 말고 여기 앉아 내 말 좀 들어 보소. 춘향일 데려간다 해도 가마나 말에 태워 간다면 필경 소문날 것이니 달리 도리가 없소. 내 이 기가 막히는 중에도 번뜩 떠오른 꾀가 하나 있긴 하네만, 입 밖에 내게 되면 양반 망신만 하는 게 아니라 우리 선조들 모두 망신시킬 말이로세."

"무슨 좋은 수가 있단 말이오?"

"내일 어머니 모시고 떠날 때 식구들이 다 나오면 그 뒤를 따라 신주가 나올 걸세. 그 신주 모시는 일을 내가 한단 말이지."

"그래서요?"

"그만하면 알지 않겠나?"

"나는 그 말 모르겠소."

"내 말 잘 들어 보게. 그때 신주는 꺼내서 내 옷소매에 모시고, 춘향이를 그 신주 모시는 작은 가마에 태워서 가면 되지 않겠나? 그 방법밖엔 없네. 그러니 너무 걱정 마소."

춘향이 그 말 듣고 물끄러미 이 도령을 바라보더니,

"어머니, 도련님 너무 조르지 마세요. 우리 모녀 평생 신세 도련님 손에 달렸으니 알아서 하라고 당부나 하오."

"이번엔 아마도 이별할 수밖에 없는 것 같네. 이왕 이별이 될 바

∞ 신주(神主) — 죽은 사람의 위패.

에는 가시는 도련님을 왜 조를까마는 우선 답답하여 그러하제. 아
이고, 내 팔자야."

　"어머닌 건넌방으로 가옵소서. 내일은 정말 이별이 될 터인가 보
오. 애고애고 내 신세야, 이별을 어찌할꼬."

가시거든 잊지 말고 편지나
종종 주옵소서

"여보 도련님."

"왜야?"

"참으로 이별하는 건가요?"

촛불을 돋워 켜고 서로 마주 앉아 갈 일을 생각하고 보낼 일을 헤아리니 정신이 아득하여 한숨짓고 눈물겨워 목메어 울면서 얼굴도 대어 보고 손발도 만져 보며,

"이제 날 볼 날도 며칠 없겠지요. 이 애달픈 수작도 오늘밤이 마지막일 터이니, 내 서러운 사연이나 좀 들어 보오. 나이 육십 가까운 우리 어머니, 일가친척 하나 없이 오직 무남독녀 나 하나라. 도련님께 의지하여 귀히 될까 바랐더니, 조물주가 시기하고 귀신이 해코지해서 이 지경이 되었구나. 애고애고, 내 일이야. 도련님 올

라가시면 나는 누굴 믿고 사오리까. 한없는 근심 걱정, 가슴속 맺힌 한과 회포를 밤낮으로 어이하리. 배꽃 복사꽃 만발할 적에 어찌 혼자서 물가에 나가 놀겠으며, 국화꽃 피고 단풍 들 때에 그 높은 절개를 어찌 나 혼자서 우러를꼬. 독수공방 긴긴밤에 이리 뒤척 저리 뒤척, 그 처량함을 어이하리. 쉬나니 한숨이오, 뿌리나니 눈물이라. 적막강산 달 밝은 밤에 두견새 소리는 어이하며, 서리 내리고 찬바람 부는 쓸쓸한 계절에 짝 찾는 저 기러기 울음은 또 누가 그치게 할까나. 춘하추동 사시절에 첩첩이 쌓인 경치 보는 것도 근심이오, 듣는 것도 근심이라. 애고애고."

춘향이 슬피 우니 이 도령 하는 말이,

"춘향아 울지 마라. '임은 소관에서 수자리 살고 아내는 멀리 오나라에 있네'라고, 소관에 있는 수자리꾼 남편들과 오나라 여인들도 멀리서 임 그리며 안방 깊은 곳에서 늙어 갔고, '임 계신 관산 길은 굽이굽이 얼마나 먼가'란 시처럼 변방 지키러 나간 군인들과 연밥 따는 여인들도 부부 사랑 극진하다가 임과 이별하고 쓸쓸한 강산에 연을 키우며 서로 그리워하니, 나 올라간 뒤라도 달 밝은 밤이면 천 리 밖 향한 그리움으로 너무 몸 상하지 말거라. 너를 두고 가는 내 마음도 하룬들 편하며, 잠시라도 무심하겠느냐. 울지 마라. 울지 마라, 춘향아."

그래도 춘향이는 울음을 그치지 못하고,

∞ 임은 소관에서 ~ 오나라에 있네 — 당나라 시인 왕가(王駕)의 시구이다. '수자리'는 국경을 지키는 일을 뜻한다.

∞ 임 계신 ~ 얼마나 먼가 — 당나라 시인 왕발(王勃)의 시「채련곡(採蓮曲)」의 한 구절이다.

"도련님 서울 가시면 살구꽃 피고 봄바람 살랑거리는 거리거리마다 듣는 것은 술 권하는 노래요, 기생집마다 어여쁜 여인들이 넘쳐나며, 가는 곳마다 풍악 소리 울릴 터이니, 풍류 좋아하시는 우리 도련님 밤낮으로 호강하며 노실 적에 멀리 있는 나 같은 천한 계집이야 손톱만큼이나 생각하오리까. 애고애고, 내 신세야."

"춘향아 울지 마라. 한양성 남북촌에 아름다운 여인들이야 많겠지만 안방 깊은 곳에서 깊은 정 맺은 사람은 오직 너밖에 없느니라. 내 아무리 대장부라 한들 잠시라도 잊을쏘냐."

이렇듯 서로가 기가 막혀 애틋한 이별을 아쉬워하며 차마 떠나지 못할 때, 이 도령 모시고 갈 사령이 헐레벌떡 뛰어 들어오며,

"도련님, 어서 가옵소서. 도련님 찾는다고 안에서 야단났소. 사또께서 '도련님 어디 갔느냐', 하시기에 함께 놀던 친구와 작별 인사하러 문밖에 잠깐 나갔노라 하였으니 지금 빨리 가옵소서."

"말은 대령하였느냐?"

"마침 대령하였소."

'백마는 가자고 길게 울고, 미인은 차마 이별 못 해 내 옷자락을 잡는구나.' 한다더니, 말은 가자고 네 발굽을 탁탁 치는데 춘향이는 마루 아래로 툭 떨어져 이 도령 다리를 부여잡고,

"날 죽이고 가면 가지, 살리고는 못 가오."

춘향이 악을 쓰다 기절하니 춘향 어미가 달려들어,

"향단아, 어서 찬물 떠오너라. 차를 달이고 빨리 약 갈아라. 네 이 몹쓸 년아, 늙은 어미는 어쩌라고 몸을 이리 상하느냐."

춘향이 문득 정신을 차리더니 가슴을 치며,

"애고, 갑갑하여라."

그 모습 본 춘향 어미 기가 막혀,

"여보 도련님, 남의 생때 같은 자식을 이 지경으로 만들다니, 이게 대체 웬일이오? 마음씨 곧은 우리 춘향이 이토록 슬퍼하다가 애통하여 죽게 되면 혈혈단신 이내 신세 누굴 믿고 산단 말인고."

이 도령 어이가 없는 듯, 춘향을 보며 달래듯 말한다.

"춘향아, 이게 웬일이란 말이냐. 나를 영영 안 보려느냐. '하수 다리의 해 지는 저녁에 슬픈 구름이 인다'는 소통국 모자의 이별, '임 계신 관산 길은 굽이굽이 얼마나 먼가'라 한 오나라와 월나라 여인들의 부부 이별, '모두가 머리에 수유꽃 꽂았건만 나 혼자만 없도다'라 한 용산의 형제 이별, '서쪽으로 양관을 나서니 아는 벗이 없구나'라 한 위성에서의 친구 이별. 이처럼 세상에 이별이 많아도 다시 소식 듣게 될 때가 있고, 살아서 만날 날도 있었으니, 내가 이제 올라가서 장원급제하여 널 데려갈 것이니 울지 말고 잘 있거라. 울음도 너무 울면 눈도 붓고 목도 쉬고 골머리도 아프니라. 돌이라도 망주석은 천만 년이 지나가도 무덤 속 돌이 못 되고, 나무라도 상사목은 창밖에 우뚝 서서 일 년 봄날 다 지나도 잎이 필 줄 모르고, 병이라도 상사병은 자나 깨나 잊지 못하다 죽느니라. 네가 나를 다시 보려거든 그리 서러워만 말고 다시 만날 수 있도록 잘 있거라."

∞ 소통국 모자의 이별 ─ 소통국은 중국 전한의 정치가인 소무의 아들로, 소무가 흉노에 사신으로 갔다가 잡혀 있을 때 흉노 여인과 결혼하여 낳은 자식이다. 19년간 잡혀 있다가 귀국한 소무가 아들을 부르자 소통국은 하수 다리에서 어머니 호녀(胡女)와 헤어졌다.
∞ 모두가 머리에 ~ 혼자만 없도다 ─ 왕유의 「억산동형제시(檍山東兄弟詩)」의 한 구절.
∞ 서쪽으로 양관을 나서니 아는 벗이 없구나 ─ 위성에서 친구와 이별을 노래한 왕유의 시에서 따왔다.
∞ 망주석(望柱石) ─ 무덤 앞의 양쪽에 세우는 한 쌍의 돌기둥.

어쩔 수 없어 눈물을 거둔 춘향이,

"여보 도련님, 마지막으로 내 술 한잔 잡수시오. 도중에 드실 음식도 없을 터이니, 내 찬합 가져가서 숙소에서 머물 적에 날 본 듯이 잡수시오. 향단아, 여기 술병 찬합 내오너라."

춘향이 한잔 술 가득 부어 눈물 섞어 드리면서 하는 말이,

"한양성 가시는 길, 강가의 나무들 푸르거든 이별의 한 품고 있는 나를 생각하고, 가랑비 분분히 흩날리면 '길 가는 나그네 마음 끊어질 듯 아파라'라 하였으니, 내 눈물인 줄 아소서. 말 위에서 피곤하여 병날까 걱정되니, 날 저물면 일찍 일찍 주무시고, 아침에 바람 불고 비 내려 날씨 궂으면 늦게 늦게 떠나시며, 말 몰아 달리실 때 모실 사람 없사오니 부디부디 귀하고 귀한 몸을 잘 지키옵소서. 머나먼 서울 길 편안히 가옵시고, 가시거든 잊지 말고 편지나 종종 주옵소서."

이 도령 하는 말이,

"소식은 걱정 마라. 요지의 서왕모도 주 목왕을 만나려고 파랑새 편에 수천 리 먼 곳까지 소식을 전하였고, 한나라 중랑장 손무는 기러기 발에 긴 비단 편지를 묶어 보냈으니, 기러기 파랑새는 없을 망정 남원 가는 사람이야 어디 없을쏘냐. 슬퍼 말고 잘 있거라."

이 도령 말을 타고 떠나가니 춘향이 기가 막혀 하는 말이,

"우리 도련님 가네 가네 하여도 거짓말로 알았더니, 말 타고 돌아서니 참말로 가는구나."

춘향이 마부 불러 다급히 하는 말이,

"마부야, 내가 문밖에 나설 수가 없으니 말 붙들어 잠깐만 멈춰다오. 도련님께 한 말씀만 여쭐란다."

춘향이 달려 나와,

"여보 도련님, 이제 가시면 언제나 오시려오. 사시사철 소식 끊어질 절(絶), 보내나니 아주 끊기는 영절, 푸른 대 푸른 솔의 백이숙제 만고충절, 천산조비절, 병들어 누우니 인사절, 죽절, 송절, 춘하추동 사시절, 끊어지니 단절, 분절, 훼절, 도련님은 날 버리고 박절하게 가시니 속절없는 나의 정절, 독수공방 수절할 때 어느 때에 파절할꼬. 첩의 한 맺힌 마음 슬픈 고절, 밤낮으로 생각해도 끊이지 않으리니 부디 소식 돈절 마오."

대문 밖에 거꾸러져 곱디 고운 손으로 땅을 쾅쾅 치며,

"애고애고, 내 신세야."

하고 울부짖으니 '애고' 한 소리에, 누런 먼지 흩어지고 바람은 그지없이 쓸쓸한데, 깃발들도 빛을 잃고 해만 저무는도다. 도련님을 부르며 엎어지고 자빠지니 서운한 마음 남기지 않고 떠나려면 몇날 며칠이 걸려도 시원치 않겠구나. 이 도령 눈물 흘리며 뒷날 기약 당부하고 말을 채찍질하며 재촉해 가는 모습이 춘향 눈에는 세찬 바람에 휘날려 가는 한 조각 구름일레라.

∞ 길 가는 나그네의 마음 끊어질 듯 아파라 — 당나라 시인 두목(杜牧)의 시 「청명시(淸明詩)」의 한 구절.

∞ 천산조비절(天山鳥飛絶) — 모든 산에 새들 날아다니는 것도 끊어지고. 당나라 시인 유종원(柳宗元)의 시 「강설(江雪)」의 한 구절.

∞ 박절(迫切), 파절(破節), 고절(孤節), 돈절(頓絶) — 박절은 '인정이 없고 쌀쌀함', 파절은 '절개를 깨뜨림', 고절은 '홀로 깨끗하게 지키는 절개', 돈절은 '편지나 소식 따위가 딱 끊어짐'을 뜻한다.

∞ 누런 먼지 ~ 해만 저무는도다 — 백거이의 「장한가(長恨歌)」의 두 구절.

이 도령 보내고 난 춘향이는 하릴없이 방으로 들어가 기운 없이 앉는다.

"향단아, 주렴 걷고 이부자리 펴고 문 닫아라. 도련님을 깨어서는 만나 보기 어려우니 꿈에서나 만나 보자. 예부터 이르기를 꿈에 와 보이는 임은 신의 없다 하였건만, 답답하고 그리울 땐 꿈 아니면 어이 보리. 꿈아 꿈아 너 오너라. 첩첩이 쌓인 근심 마음에 한이 되니 꿈에서도 못 이루면 어이하랴. 애고애고, 내 일이야. 인간사 이별 만 가지 중에 독수공방 어이하랴. 그리워도 못 보는 이내 마음 그 누가 알아주리. 미친 마음 이렁저렁, 흐트러진 근심일랑 후려쳐 다 버리고, 자나 깨나 누우나 먹으나 임 못 봐서 가슴 답답. 사랑스런 모습 눈에 어리고 고운 소리 귀에 쟁쟁. 보고지고, 보고지고, 임의

얼굴 보고지고. 듣고지고, 듣고지고, 임의 소리 듣고지고. 전생에 무슨 원수로 우리 둘이 생겨나서, 그리운 사랑 한데 만나 잊지 말자던 처음 맹세, 죽지 말고 함께 있자 백년가약 맺은 맹세, 천금 보물 다 소용없고, 세상사 모든 일도 다 필요 없네. 근원에서 흘러 물이 되고 깊고 깊고 다시 깊고, 사랑 모여 산이 되어 높고 높고 다시 높아, 끊어질 줄 모르거늘 무너질 줄 어이 알리. 귀신이 해치고 하늘이 시기하였구나. 하루아침에 낭군과 이별하니 어느 날에 다시 만나 보리. 천만 근심 가득하여 끝끝내 서러워라. 옥 같은 얼굴 구름 같은 머리의 젊음이 헛되이 늙어 가리니 흐르는 세월이 무정하여라. 녹음방초 시드는 곳에 해는 어찌 그리 더디 가며, 오동잎 지는 달 밝은 밤은 어이 그리 더디 새는고. 이 그리움 아시면 임도 나를 그리련만 독수공방 홀로 누워 한숨만이 벗이 되고, 시름 깊은 이내 마음 썩고 썩어 솟아나니 눈물이라. 눈물 모여 바다 되고 한숨 지어 바람 되면 조각배 만들어 타고 한양 낭군 찾아가련만 어이 그리 못 보는고. 수심 어린 둥근 달이 환히 비출 때마다 마음에 향 피우고 정성 다해 빌건만은 모두가 꿈이로다, 우리 낭군 못 보는구나. 높은 달 밝은 별은 임 계신 곳 비추고 두견새 소리는 임 계신 곳에 들리련만, 마음속에 앉은 근심 나 혼자뿐이로다. 밤빛 어두운데 깜박깜박 외로이 비치는 것은 창밖의 반딧불뿐이로다. 밤은 깊어 삼경인데 앉은들 임이 올까, 누운들 잠이 올까. 임도 잠도 아니 온다. 이 일을 어이하리. 아마도 원수로다. 기쁨이 다하면 슬픔이 찾아오고 고생

∞ 삼경(三更) ─ 밤 열한 시에서 새벽 한 시 사이이다.

끝에 낙이 온단 말 예로부터 있건마는, 기다림도 적지 않고 그리워한 지도 오래건만 애타는 이내 마음 굽이굽이 맺힌 한을 우리 임 아니면 그 누가 풀어 줄꼬. 하늘이시여, 굽어살피사 어서 보게 하소서. 못다 한 우리 사랑 다시 만나 백발이 다 되도록 이별 없이 살고 지고. 묻노라 푸른 물 푸른 산아, 우리 임 초라한 행색 어떠하더냐? 느닷없이 이별한 후 소식조차 끊어졌구나. 사람이 목석이 아니라면 임도 응당 느끼리라. 애고애고, 내 신세야."

이렇듯 길고 긴 탄식 속에서 춘향이 눈물로 세월을 보내는데, 이때 이 도령은 서울 올라갈 때 숙소마다 잠 못 이뤄,

"보고 싶다, 나의 사랑 춘향이 보고 싶다. 밤낮으로 잊지 못하는 우리 사랑 나를 보내고 그리워하는 그 마음, 어서 만나 풀리라."

이렇듯 마음을 굳게 먹고 과거에 급제하여 지방으로 벼슬길 나가게 되기만을 바라더라.

열
하
나

변학도,
남원 땅에 내려오다

몇 달 만에 남원에 새 사또가 임명되어 오게 되었으니, 서울 자하골의 변학도라 하는 양반이다. 글도 제법 잘 쓰고, 풍채도 좋은 데다 풍류에도 통달하여 술과 여자를 좋아하였다. 한 가지 흠이라면 성격이 괴팍하고 성미가 급해 가끔씩 미친 것처럼 날뛰곤 하였으니 그로 인해 때로는 덕을 잃고, 관원으로서 판결을 그릇되게 할 때도 있었다. 고로 변학도를 좀 안다 하는 사람들은 그를 고집불통이라 하였다.

　새 사또를 맞으러 남원 땅에서 한양으로 올라온 관리들이 첫인사를 올리는데,

　"남원 고을 관리들 인사 올리오."

"이방이오."

"감상이오."

"수배요."

이렇게 인사하는데 변 사또 갑자기 이방을 부른다.

"이방 불러라."

"이방이오."

"그동안 너희 고을에 아무 일도 없었느냐?"

"예, 아직 별일 없습니다."

"너희 고을 노비들이 삼남에서 제일이라지?"

"예, 부릴 만합니다."

"또 너희 고을 춘향이란 계집이 매우 예쁘다지?"

"예."

"잘 있느냐?"

"잘 있습니다."

"남원이 여기서 몇 리나 되는고?"

"육백삼십 리로소이다."

변학도 마음이 바쁜지라,

"어서 갈 차비를 해라."

첫인사 간 관리들이 물러 나와,

∞ 감상(監床) ― 귀한 사람에게 올릴 음식상을 미리 살펴봄. 또는 그런 사람.

∞ 수배(首陪) ― 지방 관청의 우두머리.

∞ 차비(差備) ― 어떤 일이 되기 위하여 필요한 물건, 자세 따위가 미리 갖추어져 차려지거나 그렇게 되게 함. 또는 그 물건이나 자세.

"이거, 우리 고을에 큰일이 생기겠는걸."

신관 사또 날을 잡아 부임지로 내려올 때 그 위세도 대단할시고. 구름 같은 가마에, 좌우로 푸른 휘장 떡 벌이고, 양옆에서 부축하는 하인은 색깔 진한 모시 철릭에 흰 명주로 만든 군복 띠를 고를 늘여 엇비슷하게 눌러 매고, 대모 관자 달린 통영갓을 이마에 눌러 숙여 쓰고, 푸른 휘장 줄 질끈 잡고 소리친다.

"에라, 물렀거라! 비키거라!"

경계 소리 지엄하고,

"좌우 하인들은 뒤채잡이에 힘써라."

통인 한 쌍 갓벙거지 쓰고 행차 뒤를 따르고, 수배, 감상, 공방이며 마중 간 이방 위엄 볼만하다. 사내종 한 쌍, 사령 한 쌍, 양산 들고 걸어가는 나졸은 큰길 양옆으로 갈라서고, 흰 비단으로 만든 양산 한가운데는 남색 비단으로 선을 둘러 놋쇠 고리를 매달아, 그 주석 고리가 햇빛에 어른어른. 이렇듯 호기롭게 내려올 때, 앞뒤에서 "썩 물렀거라." 하는 경계 소리는 푸른 산에 메아리치고, 말을 재촉하는 높은 소리에 흰 구름도 흩어진다.

전주에 이르러 태조 임금 영정 모신 경기전 객사에서 왕명으로 부임한다는 의식을 행하고, 영문에 잠간 들렀다가 좁은목 썩 내달아 만마관, 노구바위 넘어 임실 얼른 지나 오수 들러 점심 먹고 그날로 남원 땅에 이른다.

남원 입구 오리정으로 들어가니 감영의 장교가 나와서 새 사또를 호위하고 육방 하인들이 말끔하게 치운 길로 들어올 때, 청도기 한 쌍, 홍문기 한 쌍, 남동쪽 남서쪽에는 붉은 비단에 남색으로 주작 그려 넣은 주작기 한 쌍, 동남쪽 서남쪽에는 푸른 비단에 청룡

그려 넣은 청룡기 한 쌍, 북동쪽 북서쪽에는 검정색 비단에 붉은 거북 그려 넣은 현무기 한 쌍, 누런 바탕에 뱀 그려 넣은 등사기, 순시기 한 쌍, 영기 한 쌍, 집사 한 쌍, 군기 업무 맡아 보는 무관 한 쌍, 군노 열두 쌍이 양쪽으로 늘어서 있다. 행진하는 군악 소리 성 동쪽에 진동하고 삼현육각 풍악 소리와 말 재촉하는 소리는 멀리까지 요란하다.

새 사또가 마침내 광한루에 자리 잡고 옷을 갈아입은 다음 부임 의식을 행하려고 가마 타고 객사에 들어가는데, 구름처럼 몰려든 백성들에게 위엄 있게 보이려고 눈을 부리부리 크게 뜨고 궁글궁글 굴린다.

객사에서 의식을 거창하게 치르고 난 후 동헌에서 부임 잔칫상을 받은 새 사또는, 축하주 한 잔 들이킨다.

"행수 문안이오."

행수 군관 의례 받고 육방 관리들 인사까지 다 받은 새 사또 급한 마음으로 분부한다.

"수노 불러 기생 점고하라."

∞ 관자(貫子) — 망건에 달아 당줄을 꿰는 작은 단추 모양의 고리.

∞ 감영(監營) — 조선 시대에, 관찰사가 직무를 보던 관아.

∞ 삼현육각(三絃六角) — 삼현은 거문고, 가야금, 향비파의 세 가지 현악기. 육각은 북, 장구, 해금, 피리, 태평소 둘로 이루어진 악기 편성. 그래서 삼현육각은 삼현과 육각의 갖가지 악기를 일컫는 말이다.

∞ 행수(行首) — 한 무리의 우두머리.

∞ 수노(首奴) — 관아에 딸린 노비(관노)들의 우두머리. 관노 중에서 나이가 가장 많아 사정에 밝은 사람이 맡았다.

∞ 점고(點考) — 명부에 일일이 점을 찍어 가며 사람의 수를 조사함.

호장이 분부 듣고 기생 이름이 적혀 있는 명부를 펼쳐 들고 차례로 이름을 부르는데, 낱낱이 좋은 글귀를 엮어 부른다.

"비 온 뒤 동산에 달 뜨니 명월(明月)이."

명월이가 들어오는데, 비단 치맛자락 거듬거듬 걷어다가 가슴께 착 붙이고 버들같이 가는 허리를 살랑살랑 흔들며 아장아장 걸어 들어와 사또께 절을 한다.

"처음 뵈옵니다."

"고기잡이배가 물길 따라 올라 산의 봄빛을 사랑하니, 양편에 만발한 고운 봄빛이 아니냐, 도홍(桃紅)이."

도홍이가 들어오는데, 붉은 치맛자락 걷어안고 아장아장 조촘조촘 걸어 들어오더니,

"처음 인사드리옵니다."

"단산에 저 봉황이 짝을 잃고 벽오동나무에 깃들이니 산수의 영물이요, 날짐승의 정기로다. 굶주릴지언정 좁쌀은 쪼지 않는 굳은 절개라, 만수문 앞의 채봉(彩鳳)이."

채봉이가 들어오는데, 비단 치마 두른 허리 맵시 있게 걷어안고 연꽃처럼 고운 발걸음 단정히 옮겨 사뿐사뿐 걸어와 절을 한다.

"사또께 인사 올리옵니다."

"깨끗한 연꽃의 굳은 절개라. 저 연꽃처럼 어여쁘고 고운 태도 꽃 중의 군자로다, 연심(蓮心)이."

연심이가 들어오는데, 비단 치마 걷어안고 고운 버선 수놓은 비단 꽃신 끌면서 아장아장 걸어 가만가만 들어오더니,

"처음 뵈옵니다."

"화씨의 옥과 같이 밝은 달이 푸른 바다에 들었나니, 형산 백옥

명옥(明玉)이."

　명옥이가 들어오는데, 안개 무늬 어른거리는 비단 치마에 고운 태도 발걸음은 진중한데, 아장아장 걸어 가만가만 들어를 오더니,

　"처음 인사드리옵니다."

　"구름은 엷고 바람은 가벼운 한낮, 버드나무 가지에 꾀꼬리 한 마리 앉았구나, 앵앵(鶯鶯)이."

　앵앵이가 들어오는데 붉은 치맛자락 걷어올려 가는 허리 가슴 한복판에 딱 붙이고 아장 걸어 가만가만 들어오더니,

　"사또께 처음 인사드립니다."

　사또 듣기에 답답한지 호방 불러 분부하되,

　"왜 이리 복잡하냐? 자주자주 부르거라."

　"예."

　호장이 분부 듣고 네 글자 말머리로 바꿔 부르는데,

　"광한전 높은 집에 복숭아 바치던 고운 선녀 반겨 보니, 계향(桂香)이."

　"예, 대령하였소."

　"소나무 아래 저 아이야, 묻노라 선생 소식, 겹겹이 둘러싸인 푸른 산에 운심(雲心)이."

　"예, 대령하였소."

　"달나라 높이 올라 계수나무를 꺾는구나, 애절(哀折)이."

∞ 호장(戶長) ― 고을 구실아치의 우두머리.
∞ 소나무 아래 ~ 선생 소식 ― 가도의 시 「방도자불우(訪道者不遇)」에서 가져옴.

　　　　　“예, 대령하였소.”

　　“묻노니 술집이 어디냐? 목동이 멀리 한 곳을 가리키니, 행화
(杏花).”

　　　“예, 대령하였소.”

　　　　　　　　“아미산 달은 가을 반달인데, 달 그림자 어린 평강
의 신선이로구나, 강선(江仙)이.”

　　　“예, 대령하였소.”

　　“오동나무 복판으로 만든 거문고 타고 나니 탄금(彈琴)이.”

　　　“예, 대령하였소.”

　　　　　“팔월에 피는 연꽃은 군자의 얼굴이라. 연못에 가득 찬

가을 맑은 물 속 홍련(紅蓮)이."

"예, 대령하였소."

"주홍빛 명주실로 만든 갖은 매듭 차고 나니 금낭(錦囊)이."

"예, 대령하였소."

사또가 또 참지 못하고 분부하되,

　　　"그것도 답답하다. 한 번에 열두서넛씩 불러라."

∞ 물노니 술집이 어디냐 ─ 두목의 시 「청명」에서 따왔다.

∞ 아미산 달은 ~ 평강의 신선이로구나 ─ 이백의 시 「아미산월가(蛾眉山月歌)」의 두 구절이다.

호장이 분부 듣고 빨리빨리 부르는데,

　　　　"양대선, 월중선, 화중선이."

　　"예, 대령하였소."

　　"금선이, 금옥이, 금련이."

　　　　　　　　"예, 대령하였소."

　　"농옥이, 난옥이, 홍옥이."

　　　　　　　"예, 대령하였소."

　　"바람 맞은 낙춘이."

　　"예, 대령하러 들어갑니다."

　　낙춘이가 들어를 오는데, 잔뜩 맵시 있는 체하며 들어오는데, 얼굴 잔털 손질하더란 말을 어디서 들었는지, 이마빡에서 귀 뒤까지 한껏 파헤쳐 놓고, 또 분칠한다는 말도 들었던지, 질 낮은 개분 석 냥 일곱 돈어치를 무작정 사다가 담벼락에 회칠하듯 반죽하여 온 얼굴에 쳐 발라 떡칠을 하고 들어온다. 키는 사근내 고을 장승만 한 년이 치맛자락을 한껏 추켜올려 턱 밑에다 딱 붙이고, 물 고인 논의 백로 걸음으로 찔룩이면서 껑충껑충 엉금섭적 들어오더니,

"낙춘이 문안드리오."

예쁘고 고운 기생 줄지어 많건만 사또는 본래 서울서부터 춘향의 소문을 자자하게 들었던지라, 아무리 목을 빼고 기다려도 춘향 이름 없는 것이 이상하다. 사또, 수노 불러 묻는 말이,

"기생 점고 다 되어도 어찌 춘향이는 안 부르는 게냐? 그년은 퇴기냐?"

수노 여쭈오되,

"춘향 어미는 기생이지만 춘향은 기생이 아닙니다."

사또 다시 묻기를,

"춘향이가 기생이 아니라면 어째서 규중처녀 이름이 그다지도 유명하더란 말이냐?"

수노 다시 여쭈오되,

"본래 기생의 딸이오나 그 덕과 태도 훌륭하여 권세깨나 있는 양반네와 재주 있는 한량들, 내려오시는 벼슬아치들마다 만나고 싶어 간청했으나 춘향 모녀가 모두 거절하였사옵니다. 그래서 양반

∞ 개분(- 粉) ─ 질이 안 좋은 분.
∞ 퇴기(退妓) ─ 지금은 기생이 아니지만 전에 기생 노릇을 하던 여자를 이르는 말.
∞ 규중처녀(閨中處女) ─ 집 안에 들어앉아 있는 처녀. '규중'은 부녀자가 거처하는 곳을 이른다.

들은 물론이고 한동네 사는 소인들도 십 년 동안 얼굴 한번 보았을 뿐 말 한마디 주고받은 적도 없었는데, 하늘이 정한 인연인지 구관 사또 자제 이 도령과 백년가약을 맺었습지요. 이 도령 가실 적에 급제 후에 데려가마 약속하였고, 춘향이도 그리 알고 수절하고 있사옵니다."

사또가 벌컥 화를 내며,

"이런 무식한 놈들을 보았나. 그게 어떤 양반이라고 엄한 아버지 모신 몸이요, 장가도 안 든 도령이 시골에서 잠깐 데리고 놀던 계집을 데려간단 말이냐? 이놈, 다시는 그런 말 입 밖에 내지 말거라. 네 죄를 면치 못하리니. 이미 내가 저 하나를 만나려고 작정하고 왔는데 그냥 두겠느냐? 잔말 말고 불러오너라."

춘향을 불러오라는 명령이 떨어졌으나 누구 하나 선뜻 나서지 못하고 머뭇거리던 차에 호장이 다시 여쭈오되,

"춘향이가 기생도 아닐 뿐더러 전임 사또 자제 도련님과 맺은 약속이 있사온데, 나이는 달라도 같은 양반의 의리로 보아서도 춘향이 불렀다가 사또 체면 손상될까 두렵사옵니다."

변 사또 화가 머리 꼭대기까지 치밀어 올라,

"뭐라고? 만일 춘향 대령 늦어지면 공형 이하 각 청 두목들 모조리 매를 칠 것이니, 당장 대령시키지 못할까."

육방이 웅성웅성하고 각 청 두목들 넋을 잃어,

"김 번수야, 이 번수야, 이런 변이 또 있느냐? 불쌍하구나, 춘향 정절 가련하게 되겠구나. 어쨌든 사또 분부 지엄하니 어서 가자, 바삐 가자."

사령 군노 뒤섞이어 우르르 몰려가 춘향 집 문 앞에 이르니,

이때 춘향이는 사령이 오는지 군노가 오는지도 모른 채 밤낮으로 도련님만 생각하여 우는데, 망측한 재난을 당하려 하니 그 소리가 평화로울 수 있겠는가. 낭군 잃고 독수공방하는 여인이라, 저절로 목소리에 청승이 끼어 자연 슬프게 원망하는 소리 되었으니, 보고 듣는 사람의 심장마저 상할 지경이다.

임 그리워 서러운 마음에 밥맛없어 밥 못 먹고, 임 생각에 잠 못 이뤄 잠 못 자고, 오매불망 도련님 생각으로 오랫동안 마음을 썩이니 피골이 상접하다. 기운도 다 빠져 노랫소리조차 진양조 울음과 같구나.

"갈까 보다, 갈까 보다, 임을 따라 갈까 보다. 천 리라도 갈까 보다, 만 리라도 갈까 보다. 비바람도 쉬어 넘고, 수지니 날지니 해동청 보라매도 쉬어 넘는 높고 높은 봉우리 동선령 고개라도, 임이 와서 날 찾으면 신발 벗어 손에 들고 한 번도 쉬지 않고 달려가련만. 한양 계신 우리 낭군 나처럼 날 그리워하는가. 무정하여 아주

∞ 공형(公兄) — 조선 시대에 각 고을의 세 구실아치. 호장, 이방, 수형리를 이른다.
∞ 육방(六房) — 조선 시대에, 승정원 및 각 지방 관아에 둔 여섯 부서. 이방(吏房), 호방(戶房), 예방(禮房), 병방(兵房), 형방(刑房), 공방(工房)을 이른다.
∞ 번수(番首) — 번을 드는 사령. 번은 차례로 당직이나 숙직을 하는 일. 사령은 관아에 딸린 심부름꾼.
∞ 군노(軍奴) — 군아(軍衙)에 속한 사내종.
∞ 청승 — 궁상스럽고 처량하여 보기에 언짢은 태도나 행동.
∞ 오매불망(寤寐不忘) — 자나 깨나 잊지 못함.
∞ 진양조 — 민속 음악에서 쓰는 판소리 및 산조장단의 하나. 24박 1장단의 가장 느린 속도.
∞ 수지니, 날지니, 해동청, 보라매 — 모두 매의 종류이다.
∞ 동선령(洞仙嶺) — 황해도 황주 남쪽에 있는 고개.

잊고 나의 사랑 옮겨다가 다른 이를 사랑하는가."

한참을 이렇게 서럽게 우는데, 제아무리 목석인들 어찌 마음이 움직이지 않겠는가. 육천 마디 온몸이 봄날 낙숫물에 얼음 녹듯이 탁 풀려 버린다.

"참으로 불쌍하구나. 오입하는 자식들이 저런 계집을 추앙 못 한다면 사람이 아니리라."

춘향이가 가련하긴 하지만 사또 명령 지엄하므로 신분 낮은 저희로서는 어쩔 도리가 없다. 사령 하나 쑥 나오더니,

"이리 오너라!"

춘향이 깜짝 놀라 문틈으로 내다보니 사령 군노 다 와 있구나.

"아차, 잊었구나. 오늘이 점고하는 날이라더니 무슨 야단이 났나 보다."

춘향이 창문을 열어젖히며,

"허허, 번수님네 이리 오소. 어서 오소. 이렇게 오시니 정말 뜻밖이오. 새 사또 맞는 일로 몸살이나 안 나셨소? 사또는 어떤 분입니까? 구관 사또 댁에는 혹시 가 보셨소? 우리 도련님이 편지라도 한 장 전해 주지 않던가요? 내가 전날에는 양반을 모시느라 남들 눈이 있고, 또 우리 도련님 성격 유별나서 차마 모르는 체하였지만 마음조차 없을쏜가. 자, 들어가세요."

김 번수며 이 번수며 여러 번수 손을 잡고 자기 방에 앉힌 후에 향단이 불러,

"향단아, 주안상 차려 오너라."

하더니, 취하도록 먹인 후에 돈 닷 냥을 내어놓으며,

"여러 번수님네, 가시다가 술이나 잡숫고 가옵소서. 그저 뒷말이

나 없게 해 주시고요."

사령 군노 술에 취하여 하는 말이,

"돈이라니 당치 않다. 우리가 돈 바라고 여기 왔겠느냐?"

하면서도,

"들여놓아라."

"김 번수야, 네가 차라."

"이러면 안 되지만 돈이 우리 머릿수에 다 맞게 돌아가는 게냐?"

하며 돈 받아 차고 흐느적흐느적 들어갈 때, 행수 기생이 느닷없이 들이닥치는데, 행수 기생 나오며 두 손뼉 땅땅 마주치면서,

"여봐라 춘향아, 내 말 듣거라. 너만 한 정절은 나도 있고 너만 한 수절은 나도 있다. 왜 너만 정절 있고 수절 있겠느냐? 이 정절부인 아기씨, 수절부인 아기씨야, 조그마한 너 하나 때문에 육방이 난리요, 각 청 두목이 다 죽어난다. 어서 가자, 바삐 가자."

춘향이 하는 수 없어 수절하던 그 태도로 대문을 썩 나서며,

"형님, 형님, 행수 형님, 사람 그렇게 괄시 마오. 형님은 대대로 행수고, 나는 대대로 춘향이랍디까? 사람이 한 번 죽으면 그만이지 두 번 죽나요?"

춘향이 행수에게 끌려서 이리 비틀 저리 비틀 동헌으로 들어선다.

∞ 행수기생(行首妓生) — 조선 시대에, 관아에 속한 기생의 우두머리.

춘향, 수청을 거부하다

"춘향이 대령하였소."

사또 보고 크게 기뻐하며,

"그래, 춘향이가 분명하구나. 어서 대청으로 오르거라."

춘향이 대청마루에 올라 무릎을 모으고 단정히 앉는다.

사또 크게 흡족하여,

"책방에 가서 회계 나리님을 오시라 해라."

회계 보는 생원이 들어오니 사또 크게 웃으며,

"자네 보게. 저게 바로 춘향일세."

"하, 그년 참말 예쁜데? 잘생겼소. 사또께서 서울 계실 때부터 춘향 춘향 하시더니 구경 한번 할 만하오."

사또 그저 좋은 듯 함박 웃으며,

"자네가 중매하겠나?"

느닷없는 사또의 말에 회계 생원이 잠시 어리둥절하여 앉아 있다
가, 곧 사또의 속마음을 알아차리고는,

"사또께서 애당초 춘향을 직접 부르지 말고 중매 할멈을 보내어
보시는 게 좋을 걸 그랬소이다. 일이 좀 경솔히 되긴 하였소만 이
왕 이렇게 불렀으니 혼인하는 수밖에 도리가 없소."

사또 크게 기뻐하며 춘향에게 분부하되,

"너는 오늘부터 몸단장 깨끗이 하고 내 수청을 들도록 하라."

자세 비록 다소곳하나 낭랑한 목소리로 춘향이 또박또박 대답
하길,

"사또 분부 황송하나 이미 인연을 맺은 낭군이 계십니다. 일부종
사 바라오니 분부대로 못 하겠소."

사또 껄껄 웃으며,

"아름답도다. 네가 진정 열녀로다. 네 정절 굳은 마음 어찌 그리
어여쁘냐. 당연한 말이로다. 그러나 이 도령은 한양 사대부의 자제
로 이미 명문가의 사위가 되었으니 한때 잠깐 데리고 놀던 너를 생
각이나 하겠느냐? 그것도 모르고 너 혼자 정절을 지키다가, 무정
한 세월 흘러 네 고운 얼굴도 삭아지고 백발 할미 되어 흰머리 어
지럽게 흩날리게 되면 누굴 원망하리. 불쌍하고 가련한 건 너 아니
고 누구이겠느냐. 네 아무리 수절한들 누가 알아주며 열녀랍시고
누가 상이라도 내릴 줄 아느냐? 아니, 그건 다 관두고라도 네가 지
금 네 고을 관장에게 매이는 게 옳으냐? 그 철부지 어린놈에게 매
이는 게 옳으냐? 어디, 말 좀 해 보거라."

춘향이 주저 없이 여쭈오되,

"충신은 두 임금을 섬기지 않고 열녀는 두 남편을 모시지 않는다 하여 그 절개를 본받고자 하옵는데, 사또께서 계속 이렇게 분부하시니 사는 것이 죽는 것만 못하옵니다. 열녀는 지아비를 바꾸지 않으니 사또 처분대로 하옵소서."

이때 회계 생원이 썩 나서서 하는 말이,

"어, 그년 요망한 계집이로구나. 이 좁은 세상 하루살이 같은 인생에 네 미모가 뭐 대단하다고 그리 여러 번 사양하는 것이냐. 사또께서 너를 생각해서 하시는 말씀이지, 네까짓 천한 계집에게 수절이 무엇이며, 정절이 무엇이더냐. 구관 사또 보내고 신관 사또 맞아들임은 법규에도 나와 있고 이치로도 정당커늘 쓸데없는 말 내지 말아라. 너희처럼 천한 기생에게 '충렬(忠烈)' 두 글자가 왜 있으리?"

이때 춘향이 하도 기가 막혀 천연히 앉아 여쭈오되,

"충효 열녀에 위아래가 어디 있소? 자세히 들어보시오. 기생 말 나왔으니 어디 기생으로 한번 말해 보리다. 충효 열녀 없다 하니 낱낱이 아뢰리다. 황해도 기생 농선이는 정절을 지켜 동선령에 죽어 있고, 선천 기생 나이는 어리되 칠거 학문 배웠으며, 진주 기생 논개는 우리 나라 충렬로서 충렬문에 모셔 있고, 청주 기생 화월이는 삼층 누각에 올라 있고, 평양 기생 월선이도 충렬문에 들어 있고, 안동 기생 일지홍은 살아생전 열녀문 세워지고 정경부인에까

─────────

∞ 정경부인(貞敬夫人) ─ 조선 시대에, 정일품·종일품 문무관의 아내에게 주던 벼슬자리.

141

지 올랐으니, 기생 모함 마옵소서."

입가에 머금었던 능글맞은 미소는 이미 온데간데없고, 얼굴이 붉으락푸르락 어찌할 바를 모르는 사또를 향해 춘향이 계속 말을 이어 간다.

"당초에 도련님 만날 적에 태산처럼 굳고 바다처럼 깊은 마음, 소녀의 일편단심 한결같은 정절은, 살아 있는 소의 뿔을 뽑던 맹분 같은 용맹으로도 빼앗지 못할 것이요, 소진과 장의의 말재주로도 움직이지 못할 것이요, 동남풍을 불러온 제갈공명의 재주로도 굴복시키지 못하리다. 기산의 허유는 요임금의 천거도 거절하였고, 수양산 백이숙제는 주나라의 곡식을 먹지 않았으니, 만약에 허유가 없었다면 지조 높은 선비는 누가 하며, 백이숙제 없었다면 나라를 어지럽히고 임금 죽이는 간신 도적 얼마나 많으리까. 첩이 비록 천한 계집이나 허유와 백이숙제를 모르리까. 다른 사람 첩이 되어 지아비를 배반하는 것은 벼슬하는 나리님들이 임금을 배신하는 것과 똑같으니 처분대로 하옵소서."

사또 크게 노하여,

"이년 들어라. 모반 대역하는 죄는 능지처참하라 하였고, 관리 조롱하는 죄는 나라에서 정한 법률에 따라 벌하라고 적혀 있고, 관리를 거역하는 죄는 엄벌과 함께 귀양을 보내게 되어 있느니라. 그러니 너 죽어도 억울해 하지 마라."

춘향이 악을 쓰며,

"유부녀 겁탈하는 것은 죄 아니고 무엇이오?"

사또 기가 막혀 책상을 탕탕 두들겨 대니 탕건이 휙 벗겨지고 상투가 탁 풀리며 첫 마디부터 목이 쉬어,

"뭐가 어쩌고 어째? 이년을 당장 잡아 내려라."

사또 호령에 골방에 있던 통인이 "예." 하고 달려들어 춘향의 머리채를 주루루 끌어내며 급창에게 외친다.

"이년을 잡아 내려라."

춘향이 머리채 잡은 손을 떨치며,

"놓아라."

∞ 탕건(宕巾) ― 벼슬아치가 갓 아래 받쳐 쓰던 관(冠)의 하나.
∞ 급창(及唱) ― 조선 시대에, 군아에 속하여 원의 명령을 간접으로 받아 큰 소리로 전달하는 일을 맡아보던 사내종.

하며, 가운데 계단으로 내려가니 급창이 달려들며,

"요년, 요년, 감히 어떤 자리라고 주둥일 나불거리느냐? 네가 그러고도 살기를 바라느냐?"

춘향 몸을 번쩍 들어 동헌 뜰에 내동댕이치니, 호랑이 같은 군노 사령이 벌떼처럼 달려들어 감태 같은 춘향의 머리채를 꽉 잡아채더니, 정월에 연실 감듯, 뱃사공이 닻줄 감듯, 사월 초파일에 등대 감듯, 휘휘칭칭 감아쥐고는 내동댕이쳐 버리니, 불쌍하다 춘향 신세 백옥 같은 고운 몸이 여섯 육(六) 자로 엎어졌구나.

좌우 나졸 늘어서서 능장, 곤장, 형장이며 주장 집고 서니, 사또 소리친다.

"형리 대령하라."

"예, 형리 대령이오."

사또 얼마나 화가 나던지, 온몸을 벌벌 떨며 기가 막혀 허푸 허푸하며,

"여봐라, 그년한테 더 물을 것도 없다. 당장 형틀에 매 정강이를 부수고 물고장을 올려라."

이때 곤장 치는 사령이 춘향을 형틀에 올려 매고는 형장이며 태장이며 곤장이며, 한 아름 담쑥 안아다가 형틀 옆에 좌르륵 쏟아 놓으니, 그것들 서로 부딪치는 소리에 춘향이 벌써 정신이 아득하다. 매질하는 집장사령 이놈도 잡고 능청능청, 저놈도 잡아서 능청 능청, 그중 튼튼하고 빳빳하고 잘 부러지는 놈을 하나 골라잡고, 오른쪽 어깨에 들쳐 메고 명령을 기다리는데,

"잘 들거라. 네가 그년 사정 봐준답시고 때리는 척하였다가는 당장에 네놈부터 죽을 것이니 각별히 매우 쳐라."

집장사령이 겁이 나서 여쭈오되,

"사또 분부 지엄한데 무슨 사정을 두오리까? 이년, 다리를 까딱도 하지 말아라. 조금이라도 움직이다가는 뼈가 부러지리라."

이리 호통을 치고는, 하나요, 둘이요, 매 대수 외치는 소리에 발맞추어 다가서더니 춘향 귀에 대고 가만히 하는 말이,

"한두 개만 견디소. 어쩔 수가 없네. 요 다리는 요리 틀고 저 다리는 저리 트소."

"매우 치라는데 뭘 하고 있는 게냐?"

"예잇, 때리오!"

곤장을 휘둘러 춘향 몸에 딱 붙이니, 반으로 톡 부러진 막대기가 공중으로 빙빙 솟았다가 사또 있는 대뜰로 툭 떨어진다. 춘향이는 아픈 데를 참느라고 이를 복복 갈며 고개만 빙빙 돌리면서,

"애고, 이게 웬일이오!"

곤장, 태장 치는 데는 사령이 옆에 서서 하나, 둘 세는 것이지만 형장부터는 법으로 정해진 매질이라. 형리와 통인이 닭싸움하는 것처럼 서로 마주보고 엎드려서 하나 치면 하나 긋고, 둘 치면 둘 긋는데, 마치 무식하고 돈 없는 놈이 술집 담벼락에 술값 긋듯이 그어 놓아 한 일(一) 자가 되었구나.

춘향이는 저절로 설움이 북받쳐 올라 매 맞으며 우는데,

∞ 감태 — 미역처럼 녹갈색 또는 담갈색을 띤 해조류의 일종이다.
∞ 형리(刑吏) — 지방 관아의 형방에 속한 구실아치.
∞ 물고장(物故狀) — 죄인을 죽인 것을 보고하는 글.
∞ 집장사령(執杖使令) — 죄인의 볼기를 매(형장, 태장, 곤장)로 치는 일을 맡아 하던 사람.

"일편단심 굳은 마음 일부종사 뜻이오니 이까짓 형벌로 일 년 동안 매질 해 보소. 이 마음이 잠시라도 변하리까."

이때 남원 땅 한량이며 남녀노소 사람들이 소문 듣고 모두 모여 구경할 때, 좌우의 한량들이 입을 모아 하는 말이,

"모질구나, 모질구나, 우리 고을 원님이 모질구나. 저런 형벌, 저런 매질이 왜 있단 말이냐. 매 치는 저 사령 놈 낯짝 똑똑히 익혀 두어라. 삼문 밖으로 나오면 당장에 잡아 죽이리라!"

보고 듣는 사람들 모두 서러워하며 눈물 흘리지 않는 이가 없다.

두 번째 매를 딱 치니,

"이부절을 아옵는데, 불경이부 이내 마음 이 매 맞고 죽어도 도련님은 못 잊겠소."

세 번째 매를 딱 치니,

"삼종지도 지엄한 법 삼강오륜 알았으니, 세 차례 매질에 귀양살이 할지라도 삼청동 우리 낭군 이 도령은 못 잊겠소."

네 번째 매를 딱 치니,

"사대부 사또님은 사민공사 팽개치고 위력에만 힘을 쓰니, 마흔

∞ 불경이부(不敬二夫) — 정절을 굳게 지키어, 두 남편을 섬기지 아니한다.

∞ 삼종지도(三從之道) — 예전에, 여자가 따라야 할 세 가지 도리를 이르던 말. 어려서는 아버지를, 결혼해서는 남편을, 남편이 죽은 후에는 자식을 따라야 하였다.

∞ 삼강오륜(三綱五倫) — 유교의 도덕에서 기본이 되는 세 가지의 강령과 지켜야 할 다섯 가지의 도리. 군위신강, 부위자강, 부위부강과 부자유친, 군신유의, 부부유별, 장유유서, 붕우유신을 통틀어 이른다.

이 도령은 못 잊겠소

푸르르르르르~

이 도령은 못 잊겠소

불경이부 이내 마음

이 매 맞고 죽어도 이 도령은 못 잊겠소

삼종지도 지엄한 법 삼강오륜 알았으니

이 도령은 못 잊겠소

이 도령은 못 잊겠소

"일편단심 굳은 마음 일부종사 뜻이오니 일 년 동안

사대부 사또님은 사민공사 팽개치고

뽀드득 뽀드득

위력에만 힘을 쓰니
마흔네 부락 남원 백성들이 원망함을 모르시오?

사지를 가른대도 사생동거라 우리 낭군 못 잊겠소

오륜의 도리 엄연한데
오행으로 맺은 인연 올올이 찢어 내도

오매불망 우리 낭군 온전히 생각나네

이 도령은 못 잊겠소

이 도령은 못 잊겠소

뽀드득 뽀드득

매질 해 보소. 이 마음이 잠시라도 변하리까."

가련한 이내 몸 죄진 것 없사오니
잘못 판결 마옵소서

애고애고 내 신세야

이 도령은 못 잊겠소

애고애고 내 신세야

애고애고 내 신세야

애고애고 내 신세야

빙빙 빙빙

네 부락 남원 백성들이 원망함을 모르시오? 사지를 가른대도 사생 동거라, 죽어서도 함께할 우리 낭군 죽으나 사나 못 잊겠소."

다섯 번째 매를 딱 치니,

"오륜의 도리 엄연한데 오행으로 맺은 인연 올올이 찢어 내도, 오 매불망 우리 낭군 온전히 생각나네. 오동추야 밝은 달은 임 계신 데 보련마는 오늘이나 편지 올까 내일이면 기별 올까. 가련한 이내 몸 죄 진 것 없사오니 잘못 판결 마옵소서. 애고애고, 내 신세야."

여섯 번째 매를 딱 치니,

"육육은 삼십육으로 매질마다 죄를 물어 육만 번 죽인대도, 육천 마디 어린 사랑 맺힌 마음 변함이 없으리다."

일곱 번째 매를 딱 치니,

"칠거지악 저질렀소? 칠거지악 아니라면 일곱 개 형벌이 웬일이 오? 칠 척 검 드는 칼로 동강동강 토막 내어 빨리 죽여나 주오. 치 라 하는 저 형방아, 칠 때 사정 봐주지 마소. 칠보 같이 고운 얼굴 나 죽겠네."

여덟 번째 매를 딱 치니,

"팔자 좋은 춘향 몸이 팔도 방백 수령 중에 제일 명관 만났구나. 팔도 방백 수령님네 백성 다스리러 내려왔지 모진 형벌 주러 내려 왔소?"

아홉 번째 매를 딱 치니,

"구곡간장 굽이 썩어 이내 눈물 구년지수 되겠구나. 깊은 산 큰 소나무 베어 내서 맑은 강에 배 띄우고, 한양성에 급히 가서 구중

궁궐 임금님 앞에 구구한 억울함 아뢰옵고, 궁궐 뜰 물러 나와 삼청동을 찾아가서 우리 사랑 반가이 만나 굽이굽이 맺힌 마음 잠깐 풀련마는."

열 번째 매를 딱 치니,

"십생구사 할지라도, 팔십 년 정한 뜻을 십만 번 죽인다 해도 꺾을 수 없네. 열여섯 어린 춘향 매 맞고 죽은 원통한 귀신 되니 가련하고 가련하오."

열 개를 치고는 그만할 줄 알았더니, 매질은 계속되어 열다섯 번째를 딱 친다.

"십오야 밝은 달은 띠구름에 묻혀 있고, 서울 계신 우리 낭군 삼청동에 묻혀 있네. 달아, 달아, 넌 보느냐? 임 계신 곳을 나는 어이 못 보는고."

스무 개를 치고 그만둘 줄 알았더니, 매질은 계속되어 스물다섯

∞ 사민공사(四民公事) ─ 온 백성을 위한 공적인 일.

∞ 사생동거(死生同居) ─ 살아서나 죽어서나 늘 함께 있다는 뜻으로, 다정한 부부 사이를 이르는 말.

∞ 오행(五行) ─ 우주 만물을 이루는 다섯 가지 원소. 금(金), 수(水), 목(木), 화(火), 토(土)를 이른다.

∞ 칠 척 검(七尺劍) ─ 일곱 자 되는 긴 칼. '자'는 길이의 단위로 한 자는 약 30.3센티미터에 해당한다.

∞ 칠보(七寶) ─ 일곱 가지 주요 보배.

∞ 구곡간장(九曲肝腸) ─ 굽이굽이 서린 창자라는 뜻으로, 깊은 마음속 또는 시름이 쌓인 마음속을 비유적으로 이르는 말.

∞ 구년지수(九年之水) ─ 오랫동안 계속되는 큰 홍수. 중국 요나라 때 9년 동안이나 계속되었다는 큰 홍수에서 유래한 말이다.

∞ 십생구사(十生九死) ─ 열 번 살고 아홉 번 죽는다는 뜻으로, 위태로운 지경에서 겨우 벗어남을 이르는 말.

∞ 십오야(十五夜) ─ 음력 보름날 밤. 특히 음력 8월의 보름을 이른다.

번째를 딱 친다.

"이십오 현 거문고 타는 달밤에 원한 이기지 못하여 날아왔구나. 저기 가는 저 기러기야, 너 가는 곳 어드메냐? 가는 길에 한양성 찾아들어 삼청동 우리 임께 부디 내 소식 전해다오. 나의 모습 자세히 보고 부디부디 잊지 마라. 온 하늘에 어린 마음 옥황전에 아뢰고 싶구나. 옥 같은 춘향 몸에 솟아나는 것은 붉은 피요, 흐르는 것은 눈물이라. 피눈물이 한데 흐르니 마치 무릉도원에 복사꽃잎 떨어져 흐르는 물과도 같도다."

매를 맞으면 맞을수록 춘향이는 더욱 독이 올라,

"소녀를 이리 때리지 말고 차라리 능지처참해서 아주 박살내 죽여 주소서. 그리하면 죽은 후에 원조라는 새가 되어 두견새와 함께 울어 적막강산 달 밝은 밤 우리 도련님 잠든 후에 꿈이나 깨우리다."

이 한마디를 툭 내뱉더니 더 이상 말을 잇지 못하고 그대로 기절하여 엎어져 버린다. 옆에 있던 형방 통인 고개 들어 눈물을 훔치고 매질하던 저 사령도 눈물 씻으며 돌아서서 중얼거린다.

"사람 자식으로 차마 못할 짓이다."

옆에서 구경하던 사람들과 관리들조차 눈물을 씻고 돌아서며 제

∞ 이십오 현 거문고를 ~ 못하여 날아왔구나 — 전기(錢起)의 시 「귀안(歸雁)」에서 가져옴.
∞ 원조(怨鳥) — 원통하게 죽은 사람의 귀신이 변하여 된 새.

152

각기 한마디씩 한다.

"춘향이 매 맞는 모습, 사람 자식으론 차마 못 보겠다. 모질도다, 모질도다. 춘향 정절이 모질도다. 하늘이 내린 열녀로다."

남녀노소 없이 눈물지으며 돌아설 때 사또 마음인들 편할 리 있을까. 그러나 사또 체면을 생각해서 위엄 있게 한마디 던진다.

"네 이년, 관가에 발악하다 얻어맞으니 좋은 게 무엇이냐? 앞으로 또 고을 수령 말을 거역하겠느냐?"

거의 죽다가 반쯤 정신이 돌아온 춘향이 더욱 악을 쓰며 하는 말이,

"사또, 들으시오. 계집이 한을 품으면 오뉴월에도 서리가 내린다 하였소. 내가 죽어 귀신 되어 하늘을 떠돌다가 우리 어진 임금 앞에 내 원한을 아뢰면 사또인들 무사할 줄 아시오? 부디 소원이니 날 죽여 주시오."

사또 더욱 기가 막혀,

"허어 그년, 무슨 말을 못 할 년이로구나. 안 되겠다. 어서 큰칼 씌워 옥에 가둬라."

하니, 사령들이 달려들어 춘향 몸에 큰칼 씌워 옥죄더니 옥사장이 등에 들쳐 업고서 동헌 밖으로 나간다.

해금 : 이 도령 떠나보내고 나서 눈물로 세월을 보내던 춘향에게 큰 위기가 닥쳤네요. 몹쓸 변 사또 같으니……. 그나저나 춘향을 기생이라고 봐도 될까요?

妓

춘향은 기생인가, 아닌가?

춘향의 처지가 정말 딱하게 되었네요. 그런데 춘향은 과연 기생일까요, 아닐까요? 변 사또는 당연히 기생이라고 생각하는 것 같던데, 설마 춘향의 아버지가 양반인데 춘향이 기생이 될 리가 있을까 싶기도 하고……. 좀 헷갈리네요. 자, 여기 기생들의 오랜 벗인 해금, 비파, 거문고, 생황이 있습니다. 기쁠 때나 슬플 때나, 괴로울 때나 힘들 때나 늘 기생들의 곁을 지켰던 네 벗들의 이야기를 통해 춘향이 과연 기생인지 아닌지, 조선 시대 기생들의 삶이란 어떠했는지 알아봅시다.

조선 시대 기생의 삶

비파 : 그러게 말이에요. 참 딱하게 되었어요. 그런데 수노가 말하지 않았나요? 춘향 어미는 기생이지만, 춘향은 기생이 아니라고요. 그럼 기생이 아닌 거잖아요? 기생도 아닌데, 수청을 들라니, 변 사또가 뭔가 제정신이 아닌 것 같아요.

性

거문고 : 수노가 그렇게 말했다고 해서 춘향이 기생이 아니라고 단정할 수는 없어요. 왜냐하면 조선 시대에는 종모법(從母法)에 따라 어머니가 노비나 기생일 경우에는 자식들도 당연히 노비나 기생이 되었거든요. 그래서 어머니가 기생일 경우 남자아이는 노비가 되고, 여자아이는 기생이 될 수밖에 없었죠.

생황 : 그건 아버지가 양인일 경우에 해당하는 것이고, 춘향은 아버지가 양반인데, 어찌 종모법을 따라 춘향을 기생이라 할 수 있단 말이오? 그렇게 따지면 홍 참판 아들 길동이도 노비란 말이오? 그리고 종모법도 그때그때마다 달리 판단되었다오. 『경국대전』에는 아버지든 어머니든 한쪽이 노비면 자식들은 다 노비가 된다고 되어 있지만, 조선 후기에는 양인이 부족했고, 노비인 아버지와 양인인 어머니가 결혼하는 일이 많았기 때문에, 양인의 수를 늘이기 위해 종모법을 따라 자식들도 다 양인이 되었소이다. 그러니 딱 잘라 춘향이가 기생이라고 말할 수는 없소이다.

춘향이가 기생이 아니라 하더라도, 그 신분이 천한 것은 분명하오. 그렇지 않고서야 변 사또가 저리 함부로 대할 수 있겠소. 그나저나 만약 춘향이 기생이라고 하면 변 사또의 수청을 들어야 하는 거 아니오? 기생이 사또의 수청을 드는 것은 당연한 거니까 말이오?

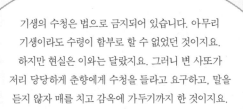

기생의 수청은 법으로 금지되어 있습니다. 아무리 기생이라도 수령이 함부로 할 수 없었던 것이지요. 하지만 현실은 이와는 달랐지요. 그러니 변 사또가 저리 당당하게 춘향에게 수청을 들라고 요구하고, 말을 듣지 않자 매를 치고 감옥에 가두기까지 한 것이지요.

155

우리는 흔히 기생 하면 황진이나 논개 같은 이들을 떠올립니다.
이들은 기생은 기생이나, 사실 예술가이거나 의인(義人, 의로운 사람)이라는
느낌이 강합니다. 하지만 실제 기생의 삶은 그리 아름답지 않습니다.
이 도령도 처음에는 춘향이 기생의 딸이라는 것을 알고 나서 아주 손쉽게 수작을
걸잖아요? 실제 춘향의 아버지가 양반이 아니고, 양민만 되었더라도 종모법에 따라
기생으로 살았을 가능성이 크고, 그렇게 되었다면 이 도령과도 만날 수
없었을 것이며, 변 사또의 수청을 거부할 수조차
없었을 거예요.

천민 중에서도
최하층민인 기생의 처지가 안타까울
뿐이군요. 그나저나 고전소설 『채봉감별곡』을 읽어
보면 주인공 채봉은 양반의 자식인데, 나중에 부모의
빚을 갚기 위해 제 몸을 팔아 기생이 되는 장면이
나오더군요. 이런 걸 보면 꼭 천민 신분만
기생이 되는 것은 아닌 듯싶네요.

그렇지요. 제주 기생
만덕(萬德, 1739~1812)은 양인의 자식으로,
어려서 부모를 잃고 먹고살 길이 없어서 기생이
되었다고 하고, 대역죄인의 아내나 자식들이
기생이 되기도 했으니, 기생이 되는
사례는 매우 다양했지요.

기생은 보통 열 살 전에 관아에
들어가 동기(童妓, 어린 기생)가 된다고들
하는데, 대여섯 살 때 관아에 들어온 아이들도 있었으니,
실제 동기가 되는 나이는 더 어렸다고 봐야 할 거예요.
우선 관아에 들어가면 온갖 잔심부름을
하면서 지내다가 일정한 나이가 되면
기생 노릇을 시작하지요.

『소수록』을 보면 해주 기생 명선이
자신이 살아온 삶을 풀어놓는데, 명선은
아주 어린 나이에 동기가 되어서 열두 살에 처음으로
남자와 잠자리를 했다고 나와요. 지금으로 따지면 중학생도
되기 전에 남자와 관계를 갖는 것인데, 이러한 사례가 비단
명선의 경우만 있는 것은 아니고, 지방 수령이 손님에게 어린
기생을 보내 수청 들게 하는 일은 아주 흔했어요. 남자한테
손만 잡혀도 정절을 잃은 것처럼 죽네 사네 하는
조선 사회에서 어린 기생들이 겪어야 했던 이런 일들은
끔찍하다 할 수밖에 없었지요.

나이 먹어도 양반가의 첩이라도 되지
않으면 이처럼 고달픈 삶은 계속되었지요.
기생으로서 신분 상승을 가장 많이 한 이가 바로
나합(羅閤)이라는 사람인데, 본래 나주 기생
출신으로 당대의 권력가인 김좌근의 첩이 됩니다.
김좌근이 나합에게 푹 빠져 있었기 때문에 나합의
권력 또한 엄청났지요. 감사도 고을 수령도 나합의 손에서
나온다는 말이 돌 정도였으니까요. 하지만 나합 같은
경우는 아주 드물고, 대부분의 기생들은 나이 들수록
형편은 어려워지고, 고달픈 삶을 살게 됩니다.

『소수록』 – 기생 관련
시문집. 해주 기생 명
선을 비롯한 여러 기
생들이 스스로의 인생
을 돌아보며 쓴 시와
글들이 있다.

신윤복, 「청금상련(聽琴賞蓮)」
- 양반 셋과 기생 셋이 어울려
가야금을 뜯으며 즐기고 있는
모습을 그렸다.
진주검무 - 경상남도 진주
지방에 전해 오는 민속 무용. 여덟
사람이 추는 칼춤이다.

이처럼 기생의 삶은 불행했지만,
역사적으로 기생이라는 존재는 많은 문화유산을 남겼습니다. 기생들은
양반가의 남성들을 상대해야 했기 때문에 글과 그림에 밝았습니다. 지금까지 남아
있는 조선 시대 문학작품 가운데 기생들이 쓴 작품이 꽤 되는데, 특히 여성
문인들이 쓴 시조의 대부분이 기생들이 쓴 것입니다. 또한 오늘날 전해지는 전통 춤
가운데 많은 것이 기녀들에 의해 전해진 것입니다. 본래 기녀(기생)들은 궁중
연회에서 춤과 노래로 흥을 돋우는 역할을 해야 했기에, 기녀로 뽑히면
장악원(掌樂院, 조선 시대에 음악에 관한 일을 맡아보던 관아)에
소속되어 노래와 춤을 배워야 했던 것이지요.

겉으로 보이는 기생들의
화려하고 편안한 삶은 고단한 노동과
배고픔에 시달려야 했던 가난한 백성들에게는
동경과 질투의 대상이 되기도 했답니다. 하지만
기생이라는 이유로 감당해야 했던 온갖
모욕과 수모는 한 사람의 여성으로서
분명히 견디기 힘든 고통이었습니다.

춘향이 기생이 아닐 가능성이 크지만,
기생이라고 해서 변 사또에게 그런 대접을
받아야 하는 것은 아니지요. 기생이든 아니든 춘향은 지금
신분과 처지가 아닌 사람으로서 지켜야 할 도리를 말하고 있는
것입니다. 또한 그 도리를 다하려고 하는 것입니다. 이 도령에
대한 사랑과 스스로 옳다고 생각하는 원칙을 위해 목숨을
걸고 변 사또에게 맞서고 있는 것입니다. 누군가 이렇듯 세상
사람들이 당연하다고 여기는 것을 깨뜨리고, 그렇게 역사는
발전하는 것이겠지요.

157

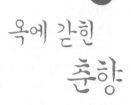

옥에 갇힌
춘향

기생들이 그 뒤를 따르며,

"애고, 서울댁아, 정신 차려라."

"애고 불쌍도 하여라."

매질로 피멍이 든 춘향 몸을 주무르고, 약을 갈아 매 맞은 자리에 붙여 주는데, 이때 키 크고 속없는 낙춘이가 들어오더니,

"얼씨구 절씨구 좋을시고. 우리 남원에도 이제 열녀 현판 달 일이 생겼구나."

하며 왈칵 달려들어,

"애고, 서울댁아, 불쌍하여라."

이리 야단할 때 춘향 어미가 이 말을 듣고 정신없이 들어오더니 춘향 목을 끌어안고,

"애고, 이게 웬일이냐. 내 딸이 죄는 무슨 죄를 지었으며 매는 무슨 놈의 매란 말이냐. 장청의 집사님네, 길청의 이방님네, 내 딸이 무슨 죄요? 장군방 두목들아, 매질하던 옥사장아, 대체 무슨 원수 맺혔더냐? 애고애고, 내 일이야. 나이 칠십 늙은것이 의지 없게 되었구나. 무남독녀 내 딸 춘향, 규중에서 사랑하며 애써서 길러 내

니, 밤낮으로 책만 놓고 「내칙편」 공부하며 나더러 하는 말이, '어머니, 서러워 마세요. 아들 없다고 서러워 마세요. 외손자 제사 받으면 되지 않겠어요?' 하면서 어미한테 지극정성 쏟았으니, 하늘이 낸 효자 곽거와 맹종인들 내 딸보다 더할쏘냐. 자식 사랑하는 마음에 위아래가 다를 건가. 이내 마음 둘 데 없네. 가슴에 불이 붙어 한숨이 연기로다. 김 번수야, 이 번수야, 사또 명령이 아무리 지엄하다 하지만 어찌 이리도 모질게 때렸단 말이냐? 애고, 내 딸 매 맞은 데 보소. 눈같이 하얀 다리에 연지 같은 피멍이 맺혔구나. 명문 집안 부녀자는 눈먼 딸도 원한다던데, 그런 집에 태어나지 기생 딸로 태어나 이 꼴이 웬일이냐? 춘향아, 정신 차려라. 애고애고, 내 신세야."

하며 춘향을 쓰다듬다가 갑자기 정신이 든 듯 급한 목소리로 향단이를 부른다.

"향단아, 삼문 밖에 나가서 심부름꾼 둘만 사 오너라. 서울로 급히 사람을 보내야겠다."

춘향이 그 말 듣고,

"어머니, 그러지 마세요. 만일 제 소식을 도련님이 들으시고 엄한 부모 밑에서 어찌할 줄도 몰라서 마음 울적하여 병이라도 들게 되면 그것도 큰일 아니겠소? 그런 말씀 마시고 그냥 옥으로 가십시다."

옥사장이 등에 업혀 감옥으로 들어갈 때, 향단이는 칼머리 들고

∞ 내칙편(內則篇) ― 유학 오경(五經)의 하나인 『예기(禮記)』의 한 편. 옛 부녀자들의 행실 규범이 적혀 있다.

춘향 어미는 그 뒤를 따라 감옥문 앞에 도착하여,

"옥졸은 문 여시오. 옥졸도 잠들었나?"

감옥에 들어가 감방 모양 살펴보니 창문은 다 부서져 그 사이로 찬바람 휙휙 들어와 살갗을 때리고, 무너진 벽 틈새로는 빈대와 벼룩이 스물스물 온몸으로 침범하여 기어오른다.

이때 춘향이 감옥 안에서 장탄가로 우는 것이었다.

"내 죄라는 게 대체 무엇이냐. 나라 곡식 훔쳐 먹은 것도 아닌데 엄한 형벌 무겁고, 살인 죄인 아니어든 목에 큰칼 발에 족쇄 웬일이냐. 역적모의 인륜 배반 아니어든 사지 결박은 또 웬일이며, 간통죄도 아니어든 이 형벌이 웬일인고. 강물을 벼룻물 삼고 푸른 하늘을 종이 삼아 이내 슬픈 사연 글로 지어 옥황상제께 올리고 싶구나. 낭군 그리워 가슴 답답 불이 붙네. 한숨이 바람 되어 붙는 불을 더 붙이니 속절없이 나 죽겠구나. 홀로 핀 저 국화는 높은 절개 거룩하고, 눈 속의 푸른 소나무도 천고의 절개를 지켰구나. 푸른 솔은 나와 같고 국화꽃은 낭군 같아, 슬픈 생각 뿌리나니 눈물이요 적시느니 한숨이라. 한숨으로 맑은 바람 삼고 눈물로 가랑비 삼아 맑은 바람이 가랑비 몰아다가 불거니 뿌리거니, 우리 임의 잠을 깨우고 싶구나. 견우와 직녀는 칠월 칠석 상봉할 때 은하수 막혀도 만날 기약 어긴 일 없었건만 우리 낭군 계신 곳에는 무슨 물이 막혔는지 소식조차 못 듣는고. 살아서 이토록 그리워하느니 차라리 죽어서 잊고 싶구나. 이 몸 죽어 빈산에 두견새 되어, 배꽃 피고 달 밝은 한밤중에 슬피 울어 임의 귀에나 들렸으면. 맑은 강에 원앙새 되어 짝을 부르고 다니면서 다정하고 유정함을 낭군께 보였으면. 봄날에 나비 되어 향기 묻힌 두 날개로 봄빛을 자랑하며 낭군 옷에 붙었으면. 푸른 하늘 밝은 달 되어 밤 되면 두둥실 떠올라 환하고 밝은 빛을 임의 얼굴에 비쳤으면. 이내 간장 썩는 피로 임의 초상 그려 내어 방문 앞에 족자 삼아 걸어 두고 들며 나며 보았으면. 수절 정절 절대가인 참혹하게 되었구나. 무늬 고운 형산 백옥이 진흙 속에 묻힌 듯, 향기로운 상산초가 잡풀 속에 섞인 듯, 오동나무 놀던 봉황 가시덤불에 깃든 듯. 예부터 성현들도 신세가 궂었으니, 요순 우탕 임금네도 걸왕, 주왕 포악함 탓에 함진옥에 갇혔다가 도로 놓여 성군 되시고, 밝은 덕으로 다스리던 주나라 문왕도 은나라 주왕의 해를 입어 유리옥에 갇혔다가 도로 풀려나 성군 되시고, 만고성현 공자님도 양호와 얼굴 닮은 탓에 광 땅 들판에 갇혔다가 도로 나와 큰 성인 되셨으니, 이런 일로 본다면 죄 없는 이내 몸도 살아나서 세상 구경 다시 할까. 답답하고 원통하구나, 날 살릴 이 누가 있을까. 서울 가신 우리 낭군 벼슬길로 내려와 이렇듯 죽어 가는 내 목숨을 못 살리나. 여름날 구름이 봉우리마다 가득하니 산이 높아 못 오는가. 금강산 높은 봉우리 평지 되면 오시려나. 병풍에 그린 닭이 두 날개를 홰홰 치며 첫새벽에 날 새라고 울거든 오시려나. 애고애고, 내 신세야."

대나무 창살문을 열어젖히니 밝고 맑은 달빛이 방 안을 환히 비추는데, 어린 춘향 홀로 앉아 달에게 묻는 말이,

---

∞ 장탄가(長歎歌) — 크게 한탄하는 내용의 노래.
∞ 만고성현 공자님도 ~ 들판에 갇혔다가 — 노나라 사람 양호는 광(匡) 땅 사람으로 못된 짓을 많이 해서 사람들의 미움을 받았는데, 얼굴이 공자와 많이 닮았다. 어느 날 공자가 광 땅을 지날 때 양호로 오해받아 사람들에게 잡힌 적이 있다.

"달아, 넌 보느냐? 임 계신 곳을. 네 밝은 기운 빌려서 나도 좀 보자꾸나. 우리 임이 누웠더냐, 앉았더냐? 보는 대로 내게 알려 나의 근심 풀어 다오. 애고애고."

춘향이 이렇게 서럽게 울다가 쓸쓸히 잠이 드니, 꿈인지 생시인지 비몽사몽간에 나비가 장자 되고 장자가 나비 되듯, 혼미한 정신이 바람처럼 구름처럼 한 곳에 다다르니, 천지가 광활하고 산수가 수려한데 은은한 대나무 숲 사이에 곱게 단청 입힌 누각이 한 채 허공에 나타난다. 대체로 귀신이 나다닐 때에는 큰 바람이 휘몰아치며 하늘로 솟거나 땅속으로 꺼지는 법이니, 나 또한 '베갯머리에서 잠깐 봄꿈을 꾸는 사이에 강남 수천 리를 다 다녔구나.'

문득 앞을 살펴보니 황금빛 글씨로 '만고정렬 황릉지묘'라는 현판이 걸려 있지 않은가. 그걸 본 춘향이 심신이 황홀하여 이리저리 그 앞을 거닐고 있으려니, 어여쁜 낭자 셋이 나오는데, 바로 진나라 부자 석숭의 애첩 녹주와 진주 기생 논개, 평양 기생 월선이라. 이들이 등불을 들고서 춘향을 안내하여 누각 안으로 들어가니, 집 안에는 흰옷 입은 부인 둘이 우아하게 손 내밀며 들어오라 청하거늘, 춘향이 사양하되,

"속세의 천한 계집이 어찌 황릉묘에 오르리까."

부인이 기특히 여겨 거듭 청하니 춘향이 더 이상 사양하지 못하고 올라가 자리에 앉는다.

"네가 춘향이냐? 참으로 기특하구나. 며칠 전 옥황상제 뵈러 갔다가 네 소문 듣고 한번 보고 싶어 이렇게 청한 것이다."

춘향이 두 번 절하며 아뢰기를,

"첩이 비록 아는 것은 없으나 옛글에서 뵈옵고 존귀하신 얼굴을

만나 뵐까 하였더니 이렇듯 황릉묘에서 뵙게 되니 황공하옵니다."

상군 부인 말씀하되,

"우리 순임금께서 남쪽 지방을 다니시다가 창오산에서 돌아가신 후 속절없는 우리 두 몸이 소상강가 대숲에 피눈물을 뿌려 놓으니, 가지마다 아롱아롱, 이파리마다 원한이라. '창오산이 무너지고 상수의 물이 끊어져야 댓잎 위에 뿌린 눈물이 마르리로다' 여기며 오랜 세월 가슴에 맺힌 한을 하소연할 곳이 없었더니, 이제 너의 절개가 참으로 기특하고 어여쁘니 너에게 말하노라. 임금과 이별한 지 몇 천 년인데 좋은 세상은 언제나 올 것이며, 오현금 타며 읊던 순임금의 남풍시는 지금까지 전하더냐."

이렇듯이 말씀할 때, 또 한 부인이 말하기를,

"춘향아, 나는 달 밝은 밤 옥퉁소 소리에 선녀가 된 진나라 농옥이다. 선인 소사의 아내로 태화산에서 이별한 후 우리 낭군 봉황 타고 올라간 것이 한이 되어 옥퉁소를 불며 한을 풀 때, '곡조가 끝나면 봉황새는 날아가 버리니 그 자취를 모르겠고, 산 아래 고운 벽도화만 봄빛에 저절로 피는구나.'"

∞ **나비가 장자 되고 장자가 나비 되듯** — 『장자(莊子)』「제물론(齊物論)」에서 나온 이야기로, 장자가 꿈에 호랑나비가 되어 훨훨 날아다니다가 깨서는, 자기가 꿈에 호랑나비가 되었던 것인지 호랑나비가 꿈에 장자가 되었는지 모르겠다고 한 데서 나온 말이다.

∞ **베갯머리에서 잠깐 ~ 다 다녔구나** — 잠삼(岑參)의 시 「춘몽(春夢)」에서 가져왔다.

∞ **만고정렬 황릉지묘(萬古貞烈皇陵之廟)** — 만고에 빛나는 정절 황릉묘라. '황릉묘'는 순임금의 두 왕비 아황과 여영의 정절을 기리는 사당이다.

∞ **상군 부인(湘君夫人)** — 아황과 여영.

∞ **창오산이 무너지고 ~ 눈물이 마르리로다** — 이백의 시 「원별리(遠別離)」에서 가져옴.

∞ **곡조가 끝나면 ~ 저절로 피는구나** — 당나라 시인 허혼(許渾)의 시 「구산묘(緱山廟)」에서 가져옴.

이 말이 끝나니 또 한 부인이 말씀하되,

"나는 한나라 궁녀 왕소군이다. 오랑캐 땅으로 잘못 시집가서 그만 죽고 말았으니 남은 것이라곤 한갓 푸른 무덤뿐이란다. 말 위에서 켜던 비파 한 곡조에, '초상화로나 알아보겠구나, 곱디 고운 그 얼굴, 장신구 부딪히는 소리만 부질없이 달밤에 원혼 되어 돌아왔네'라는 격이니 어찌 원통하지 않겠느냐?"

한참을 이러는데 갑자기 음산한 바람이 휙 불어와 촛불이 벌렁벌렁 흔들거리는데, 무언가 촛불 앞으로 확 달려들거늘 춘향이 놀라서 살펴보니 사람도 아니요, 귀신도 아닌데 희미한 가운데서 낭자한 울음소리가 들려온다.

"여봐라 춘향아, 너는 나를 모를 것이다. 내가 누군고 하니 한고조의 애첩 척 부인이로다. 우리 황제 돌아가시자 황제 사랑 받지 못한 왕비 여씨가 악독한 마음으로 내 손발을 끊어 내고, 내 귀에 불 지르고, 두 눈도 빼어 내고, 벙어리 되는 독약 먹여 돼지우리에 넣었으니 천추에 맺힌 깊은 한을 어느 때나 풀어 보랴."

이렇듯 슬피 울 때 상군 부인 말씀하되,

"춘향아, 여기는 이승과 저승의 삶이 갈리는 곳이다. 우리가 가는 길도 또한 서로 다르니 오래 머물진 못하겠구나."

어린 계집아이 불러 작별한 적에, 깊은 골방의 귀뚜라미 소리는 시르렁, 한 쌍 나비가 펄펄, 춘향이 깜짝 놀라 깨어 보니 꿈이로다.

감옥 창밖의 앵두꽃이 떨어지고, 거울 한복판이 깨어지고, 문 위에 난데없이 허수아비 달려 보이거늘,

"나 죽을 꿈이로구나."

근심 걱정으로 밤을 샐 때, 끼욱끼욱 울음소리 들려오니 서강에

걸린 달 아래로 줄지어 떠나는 기러기 너 아니냐. 밤은 깊어 삼경이요, 궂은비까지 퍼붓는데 도깨비는 삑삑, 밤새 소리 북북, 다 떨어진 문풍지는 펄렁펄렁. 그 속에서 귀신들이 울기 시작하는데, 매 맞아 죽은 귀신, 대롱대롱 목매달아 죽은 귀신, 이런 귀신 저런 귀신 사방에서 울어 대니, 귀신 곡하는 소리가 낭자하구나. 방 안이며 추녀 끝이며 마루 아래서도 애고애고, 귀신 소리에 잠들 길이 전혀 없다. 춘향이가 처음에는 귀신 소리에 무섭고 정신이 없었으나 자꾸자꾸 듣다 보니 겁이 없어져 그저 청승맞은 굿거리 소리로 알고 들으며,

"이 몹쓸 귀신들아, 나를 잡아가려거든 조르지나 말아라. 암급급여율령사파쐐."

이렇게 주문을 외우며 앉아 있는데, 마침 감옥 밖으로 봉사 하나 지나간다. 서울 봉사 같으면,

∞ 초상화로나 알아보겠구나 ~ 원혼 되어 돌아왔네 — 당나라 시인 허혼의 시 「구산묘(緱山廟)」에서 가져옴.
∞ 암급급여율령사파쐐(唵急急如律令娑婆-) — 범어(梵語, 산스크리트 어)로 된 주문.

"문수(問數)하오."

하고 외치겠지만 시골 봉사라,

"문복(問福)하오."

하며 외치고 가니, 춘향이 그 말 듣고,

"여보 어머니, 저 봉사 좀 불러 주오."

하니, 춘향 어미 봉사를 부르는데,

"여보, 저기 가는 봉사님."

하고 불러 놓으니, 봉사 대답하되,

"게 누구? 게 누구요?"

"춘향 어미요."

"날 어찌 찾나?"

"우리 춘향이가 옥중에서 봉사님을 잠깐 오시라고 하는구려."

봉사가 그 말에 웃으면서,

"날 찾다니 뜻밖이로세. 가세."

봉사 옥으로 갈 때, 춘향 어미가 봉사의 지팡이를 잡고서 길을 인도한다.

"봉사님, 이리 오시오. 이것은 돌다리요, 이것은 개천이오. 조심해서 건너시오."

앞에 개천이 있다기에 뛰어 볼까 하고 한참을 벼르다가 펄쩍 뛰었는데, 봉사의 뜀이란 것이 멀리 뛰지는 못하고 높이만 껑충 한 길이나 올라가는 것이어서, 그만 개천 한가운데 풍덩 빠지고 만다.

∞ 문수(問數) — 점쟁이에게 길흉(吉凶, 운이 좋고 나쁨)을 묻는 것.

아둥 버둥 개천에서 기어 나오려고 둑을 짚는다는 것이 또 하필이면 개똥을 짚는다.

"아뿔싸, 이게 정녕 똥이지?"

손을 들어 맡아 보니 묵은 쌀밥 먹고 썩은 놈이로구나. 봉사는 똥 묻은 손을 내뿌린다는 것이 이번에는 그만 모난 돌에 손가락을 부딪치고 만다. 어찌나 아프던지 입에다가 흘 쓸어 넣고 우는 봉사 눈에서 굵은 눈물이 뚝뚝 떨어진다.

"애고애고, 내 팔자야. 조그만 개천 하나를 못 건너고 이 봉변을 당했으니 누굴 원망하고 누굴 탓하랴. 천지 만물도 보지 못하고 밤 낮도 모르는구나. 사시절을 짐작할 수도 없고, 꽃피는 봄이 와서 복숭아꽃 자두꽃이 핀들 어찌 알며, 가을이 찾아온들 누런 국화 붉은 단풍을 어찌 알까. 부모를 내가 아느냐, 처자를 내가 아느냐, 친구 벗님을 내가 아느냐. 세상천지 해와 달과 별과 두껍고, 얇고, 길고, 짧은 것도 모르고 깜깜한 밤중같이 지내다가 이 지경이 되었구나. 참말이지 봉사가 그르냐, 개천이 그르냐? 봉사가 그르제, 처음부터 있어 온 개천이 그르랴."

애고애고 서럽게 우니 춘향 어미가 달랜다.

"봉사님, 그만 우시오."

봉사를 씻겨서 옥으로 들어가니 춘향이 반기면서,

"애고 봉사님, 어서 오오."

봉사는 그런 중에도 춘향이 뛰어난 미인이란 말은 들은 터라 반가와 하며,

"목소리를 들으니 춘향 각신가 보오."

"예, 그러하오."

"내가 진작 와서 자네를 한번 보려고 했는데, 가난한 사람이 일이 많다고 그저는 못 오고 이리 청하여 왔으니 인사가 아닐세."

"그럴 리가 있소. 눈멀고 나이 드셨으니 기력은 어떠시오?"

"내 걱정은 말게. 대체 무슨 일로 나를 보자 했는가?"

"예, 다름이 아니라 지난밤에 흉한 꿈을 꾸었기에 꿈풀이도 하고, 우리 서방님 어느 때나 나를 찾으실까 점을 치려고 청하였소."

"그러게."

봉사가 점을 하는데,

"비나이다 비나이다. 신령님께 비나이다. 하늘이시여, 땅이시여, 굽어살피소서. 영험하신 신령님께서 내려오시어 이 아둔한 중생을 깨우쳐 주소서. 길흉을 알지 못하고 의심을 풀지 못하는 우리를 위하여 옳은 것이 무엇이고 그른 것이 무엇인지 밝혀 주옵소서. 바라건대 신령님께서는 밝은 지시 내려 주시어 그렇다 아니다 밝혀 주소서. 복희, 문왕, 무왕, 무공, 주공, 공자, 오대 성현, 칠십이현, 안자, 증자, 자사, 맹자, 성문십철, 공명 선생. 이순풍, 소강절, 정명도, 정이천, 주염계, 주회암, 엄군평, 사마군, 귀곡, 손빈, 진의, 왕보사, 주원장 등 여러 크신 선생들은 굽어살피소서. 마의도자, 구천현녀, 육정, 육갑 신장이여, 몇 년 몇 월 며칠 몇 시에 지극정성 향을 피워 제사 올리오니 밝은 신령님들께옵서는 이 향기 맡으시고 내려와 임하소서. 전라 좌도 남원부 천변리 사는 임자년생 여자, 열녀 성춘향이 어느 달 어느 날 옥에서 풀려나며 서울 삼청동 사는 이몽룡은 어느 날 어느 때에 남원 땅에 도착하리까? 엎드려 바라오니 여러 신령님들께서는 알려 주옵소서."

봉사는 산통을 철겅철겅 흔들더니,

"어디 보자. 일이삼사오륙칠, 허허 좋다. 좋은 괘로구나. 칠간산이로구나. 물고기가 물에서 놀며 그물을 피하니 작은 것이 쌓여 크게 이루어지리라. 옛날 주 무왕이 벼슬할 때, 이 괘를 얻어 금의환향하였으니 어찌 아니 좋겠느냐. '천 리 먼 곳에 떨어져 있어도 서로 정을 두니 친한 사람을 만나리라' 하니, 자네 서방님이 머지않아 내려와서 평생 한을 풀겠네. 걱정 마소. 참 좋다."

춘향이 대답하되,

"말대로만 그리 된다면 오죽 좋겠소. 간밤 꿈풀이나 해 주소."

"어디 자세히 말해 보소."

"앞에 두고 몸단장하던 거울이 깨져 보이고, 창 앞의 앵두꽃 떨어지며 문 위에 허수아비가 매달려 보이고, 태산이 무너지고 바닷물이 말라 보이니 틀림없이 내가 죽을 꿈 아니오?"

봉사가 골똘히 생각하다가 한참 만에 입을 여는데,

"어, 그 꿈 참 좋다. 꽃이 떨어지니 열매가 열릴 것이요, 거울이 깨지니 소리가 없을쏘냐. 문 위에 허수아비 매달렸으니 사람마다 우러러볼 것이요, 바닷물이 마르면 용의 얼굴을 보게 될 것이요, 산이 무너지니 평지가 될 것이라. 좋다, 쌍가마 탈 꿈이로세. 걱정 마소. 머지않았네."

한참 이렇게 말을 주고받을 때 뜻밖에 까마귀가 감옥 담장에 앉더

∞ 산통(算筒) — 맹인(盲人)이 점을 칠 때 쓰는, 산가지를 넣은 통. '산(算)가지'란 점술에서, 괘(卦)를 나타내기 위하여 쓰는 도구. 네모기둥꼴로 된 여섯 개의 나무로, 각각에 음양을 표시한 네 면이 있다.
∞ 금의환향(錦衣還鄕) — 비단옷을 입고 고향에 돌아온다는 뜻으로, 출세를 하여 고향에 돌아가거나 돌아옴을 비유적으로 이르는 말.

니 까옥까옥 울기 시작한다. 춘향이 손을 들어 후여 날려 보내며,

"요 방정맞은 까마귀야, 날 잡아가려거든 조르지나 말아라."

봉사가 이 말을 듣더니,

"가만있자, 지금 그 까마귀가 가옥가옥 그렇게 울었제?"

"예, 그래요."

"좋다, 좋아! 가 자는 아름다울 가(嘉) 자요, 옥 자는 집 옥(屋) 자라, 머지않아 아름답고 즐겁고 좋은 일이 찾아와서 평생에 맺힌 한을 풀 것이니 조금도 걱정 말게. 지금은 자네가 복채를 천 냥을 준다 해도 안 받아 갈 것이니, 나중에 영화롭고 귀하게 될 때에 괄시나 하지 마소. 나 돌아가네."

"예, 편안히 가시고 나중에 다시 뵈옵시다."

봉사의 꿈풀이에 춘향이 조금 마음이 놓였지만 그래도 여전히 긴 탄식과 수심 속에서 세월을 보내니라.

∞ 복채(卜債) ― 점을 쳐 준 값으로 점쟁이에게 주는 돈.

이 도령, 어사 되어
남원 땅에 내려오다

한편, 한양성 이 도령은 밤낮으로 공부하여 『시경』, 『서경』
과 제자백가의 온갖 경전들을 통달하였으니, 글로는 이태백
이요, 글씨는 왕희지라. 그때 나라에 큰 경사 있어 조정에서는
어진 선비를 뽑으려고 태평과를 시행하게 되었다. 이 도령 그동안
공부한 책을 품에 품고서 과거 시험장으로 들어가 좌우를 둘러보
니, 온 나라에서 모여든 선비들이 주욱 늘어서서 일시에 임금께 절
을 하고, 궁중 음악의 청아한 소리에 앵무새가 춤을 춘다.

임금이 정한 과거 제목을, 대제학이 가려 뽑아 내놓으니, 도승지
가 그걸 조심스레 받아다가 붉은 장막 위에 걸어 놓는데, 바로
'춘당대의 봄빛은 예나 지금이나 같도다'라는 제목이다.

이 도령이 살펴보니 그동안 자주 보아 온 글귀인지라, 종이를 반듯이 펼쳐 놓고 뜻을 잠시 생각하며 용무늬 새겨진 벼루에 먹을 간다. 이윽고 족제비 꼬리털로 만든 붓에다 흠뻑 먹물을 적신 후에 왕희지 필법으로, 조맹부 필체로 단번에 써 내려가 가장 먼저 글을 낸다. 시험관들이 몽룡의 글을 보면서 글이 잘된 글자마다 점을 찍고 글이 잘된 글귀마다 동그라미를 친다. 글씨는 마치 용이 날아오르는 듯하고, 모래밭에 기러기가 내려앉는 듯하니, 참으로 근래 보기 드문 재주라. 마침내 임금이 내린 석 잔 술을 권하더니 장원급제를 축하하며 그의 글을 시험장에 내건다.

새로이 급제하여 나올 적에 머리에는 어사화요, 몸에는 황색 예복, 허리에는 학을 수놓은 허리띠로다. 절차에 따라 사흘 동안 광대를 거느리고 풍악을 울리며 잔치를 벌이고, 고마운 친지나 친척 어른들을 찾아뵙고 인사를 한다. 이 시끌벅적한 잔치가 끝난 뒤 조상 산소에 성묘하고, 임금께 절하니 임금께서 친히 불러,

"경의 재주 조정의 으뜸이니 어찌 아름답지 않겠느냐. 참으로 경사로다."

하고 칭찬하시며 소원을 물으시니, 이 도령 여쭙기를,

"천하가 태평하고 궁궐은 깊고도 깊어 백성들의 고통을 낱낱이 살피기 어려우실 것이옵니다. 하오니, 신이 여러 고을을 다니며 각 고을 수령들의 선악과 백성들의 근심이나 즐거움을 살피어 임금의 가르침을 펴고자 하나이다."

임금이 듣고는 감격하여,

"그대가 임금을 사랑하는 마음이 매우 간절하니 과연 나의 충신이로다."

즉시 도승지를 불러 전라도 어사로 임명하시니, 이게 꿈이냐 생시냐, 경상도도 아니고 충청도도 아닌 바로 전라도 어사라니, 이 도령 평생 소원하던 자리 아니냐. 이 도령이 감격하며 임금께 다시 절하고는 비단옷과 마패, 유척을 받고 물러 나오니, 어사 갓을 쓴 이 도령의 풍채가 깊은 산골의 호랑이처럼 당당하다.

어사또, 부모님께 인사하고 전라도로 떠날 적에, 남대문 밖으로 썩 나서서 서리, 중방, 역졸 들을 거느리고 청파역에서 말을 잡아 타고, 칠패, 팔패, 배다리를 넘어 밥전거리 지나 동작이를 얼핏 건너 남태령을 넘어 과천읍에서 점심 먹고, 사근내, 미륵당이 지나 수원에서 첫날밤을 묵는다. 둘째 날, 대황교 건너 떡전거리, 진개울, 중미를 지나 진위읍에서 점심 먹고, 칠원, 소사, 애고다리 지나 성환역에서 잠을 잔다. 셋째 날에는 상류천, 하류천, 새술막 지나 천안읍에서 점심 먹고, 삼거리, 도리티 지나 김제역에서 말 갈아타고는 신덕평, 구덕평 얼른 지나 원터에서 묵는다. 넷째 날, 팔풍정, 화란, 광정, 모란, 공주 지나 금강을 건너 금영에서 점심 먹고, 높은 한길 소개문 지나 어미널티 넘어 경천에서 묵는다. 다섯째 날,

---

∞ 제자백가(諸子百家) ─ 춘추 전국 시대의 여러 학파.

∞ 태평과(太平科) ─ 나라에 경사가 있을 때 특별히 실시하던 과거.

∞ 춘당대(春塘臺) ─ 서울 창경궁 안에 있는 대(臺). 옛날에 과거를 실시하던 곳이다.

∞ 어사화(御賜花) ─ 조선 시대에, 문무과에 급제한 사람에게 임금이 하사하던 종이꽃.

∞ 절차에 따라 ~ 인사를 한다 ─ 과거에 급제한 사람이 사흘 동안 시험관, 선배, 친척 들을 찾아 인사를 드리며 도는 것을 말한다.

∞ 유척(鍮尺) ─ 녹쇠로 만든 표준 자. 보통 한 자보다 한 치 더 긴 것을 단위로 하며 지방 수령이나 암행어사 등이 검시(檢屍, 시체를 검사하는 것)할 때 썼다.

∞ 중방(中房) ─ 고을 원의 시중을 들던 사람.

노성, 풋개, 사다리, 은진, 까치당이, 황화정 지나 장애미고개 넘어 여산읍에 숙소를 잡고, 이튿날 서리와 중방을 부르더니,

"여기는 전라도 어귀인 여산이다. 너희가 막중한 나랏일을 거행할 때 조금이라도 잘못한다면 죽음을 면치 못하리라."

서릿발 같이 호령하며 서리 불러 분부하되,

"너는 전라 좌도로 들어가 진산, 금산, 무주, 용담, 진안, 장수, 운봉, 구례로 이 여덟 개 읍을 살피고 아무 날 남원읍으로 대령하고, 중방 역졸 너희들은 우도로 가서 용안, 함열, 임피, 옥구, 김제, 만경, 고부, 부안, 흥덕, 고창, 장성, 영광, 무장, 무안, 함평으로 순행하여 아무 날 남원읍으로 대령하라."

종사 불러,

"너희들은 익산, 금구, 태인, 정읍, 순창, 옥과, 광주, 나주, 창평, 담양, 동복, 화순, 강진, 영암, 장흥, 보성, 흥양, 낙안, 순천, 곡성을 순행한 다음 아무 날 남원읍으로 대령하도록 하라."

이렇게 부하들을 각자 나눠서 보낸 후에 어사또 행장을 차리기 시작하는데, 사람들을 속이려고 다 찢어져서 못 쓰게 된 갓을 버팀줄로 총총 얽어맨 다음 질 낮은 천으로 갓끈을 달아 쓰고, 윗부분만 겨우 남은 헌 망건에다는 아교 풀로 만든 관자를 노끈으로 달아 쓰고, 헌 도포에다는 무명 실띠를 가슴 한가운데 질끈 동여매고, 살만 남은 헌 부채에 그래도 모양은 낸답시고 솔방울을 장식으로 달아 들고 겨우 햇빛을 가리며 터덜터덜 걷기 시작한다.

통새암 지나서 삼례에서 묵고, 한내, 주엽쟁이, 가리내, 싱금정 둘러본 후 숲정이, 공북루, 서문을 얼른 지나 남문에 올라서 사방을 둘러보니 그 경치 대단하더라.

기린봉에 솟아오른 달이며 한벽당에 자욱히 낀 안개, 저물 무렵 남고사에서 은은히 울려 퍼지는 종소리, 건지산에 환히 웃는 보름달, 다가동의 활쏘기, 덕진 연못의 연밥 따기, 비비정에 내려 앉는 기러기떼, 위봉산의 폭포, 이렇게 전주 완산 팔경을 두루 구경한 후 차근차근 살피며 몰래몰래 내려온다.

이때 각 읍 수령들이 어사 나타났다는 말을 듣고 민정을 가다듬는가 하면 지난 일들에 대해 걱정이 태산 같으니 하인인들 편할 리가 없다. 이방 호방은 넋을 잃고 회계 맡은 형방 서기는 여차 하면 도망가려고 아예 짚신에다 발감개까지 매고 있고, 각 청의 아전들도 괜스레 정신없이 바쁘게 돌아다닌다.

어사또 임실 구홧뜰 근처에 이르니 먼 산은 중중, 가까운 산은 첩첩, 빼어난 바위는 층층, 장송은 낙락, 집오리는 둥둥, 두견새는 좌우에 뛰노는데, 산따오기는 이 산으로 가며 따욱, 저 산으로 가며 따욱 울음 운다. 또 한 곳을 바라보니 온갖 초목 무성한데 십 리 안에 오리나무, 오 리 밖에 십리나무가 마주 서 있다. 임을 그려 상사나무, 입 맞추어 쪽나무, 방귀 뀌어 뽕나무, 한 다리 전나무, 두 다리 들메나무, 하인 불러 상나무, 양반 불러 귀목나무, 부처님께 공양나무들이라. 이 나무 저 나무 구경 다한 후에 또 한 모퉁이를 돌아가니 때는 마침 농사철이라 농부들이 '농부가'를 부르며 한창 일을 하고 있는 중이었다.

어여로 상사뒤요
천리건곤 태평할 때 도덕 높은 우리 임금
　　　번화가에서 동요 듣던 요임금의 성덕이라

어여로 상사뒤요

순임금 높은 성덕으로 내신 그릇과 농기구, 역산에서 밭을 갈고

어여로 상사뒤요

신농씨 내신 따비 천추 만대 전해 오니 어이 아니 높으시냐

어여로 상사뒤요

하우씨 어진 임금 구 년 홍수 다스리고

어여로 상사뒤요

은왕 성탕 어진 임금 칠 년 가뭄 당하셨네

어여로 상사뒤요

이 농사 지어다가 우리 임금께 세금 낸 후 남은 곡식 장만하여

부모 봉양 아니하며 처자 부양 아니할까

어여로 상사뒤요

백 가지 풀을 심어 사계절 짐작하니 미더운 게 백초로다

어여로 상사뒤요

높은 벼슬 드날린 명예 좋은 호강인들 이 팔자를 당할쏘냐

어여로 상사뒤요

앞뒤 논밭 개간하여 배불리 먹어 보세

어널널 상사뒤요

한참을 이렇게 노래를 부를 적에 어사또 지팡이 짚고 흡족한 마음
으로 듣고 있다가 중얼거린다.

"여기는 대풍이로구나."

또 한편을 바라보니 낯선 광경이 눈에 들어온다. 중년이 넘은 노
인들이 끼리끼리 모여 서서 등걸밭을 일구는데, 갈멍덕을 눌러 쓰

고 쇠스랑 손에 들고 '백발가'를 부르는 것이었다.

   등장 가자 등장 가자
               하느님 전에 등장 갈 양이면 무슨 말을 하실는지
   늙은이는 죽지 말고 젊은 사람 늙지 말게
   하느님 전에 등장 가세

   원수로다 원수로다 백발이 원수로다
   오는 백발 막으려고 오른손에 도끼 들고 왼손에 가시 들고
   오는 백발 두드리며 가는 홍안 끌어당겨
              푸른 실로 결박하여 단단히 졸라맸건만
   가는 홍안 절로 가고 백발은 때때로 돌아와
   귀밑에 주름지고 검은 머리 백발 되니
   아침에는 푸른 실 같더니 저녁에는 흰눈이 되었구나

   무정한 게 세월이라
   청춘의 즐거움 아무리 좋다 해도

∞ 천리건곤(千里乾坤) ― 멀리 넓게 뻗친 하늘과 땅.
∞ 신농씨(神農氏) ― 중국 고대 전설상의 제왕. 농업의 신으로 알려져 있다.
∞ 따비 ― 풀뿌리를 뽑거나 밭을 가는 데 쓰는 농기구.
∞ 등걸밭 ― 흙 속에 나뭇등걸이 많은 밭.
∞ 갈멍덕 ― 갈대를 엮어 만든 삿갓.
∞ 등장(等狀) ― 여러 사람이 이름을 잇대어 써서 관청에 올려 하소연함. 또는 그 일.
∞ 아침에는 푸른 실 같더니 저녁에는 흰눈이 되었구나 ― 이백의 시 「장진주(將進酒)」의 한 구절이다.

속절없이 달려가니 가는 세월을 어찌 이기랴

천하의 명마 잡아타고 서울 큰길 달리고 싶구나
　　　　만고강산 좋은 경치 다시 한번 보고 싶구나
절세미인 옆에 두고 온갖 교태 보며 놀고 싶구나

꽃 피는 아침 달 뜨는 저녁 사철 좋은 경치
눈 어둡고 귀먹어 볼 수 없고 들을 수 없으니
하릴없는 일이로다
　　　　　　　슬프다 우리 벗님 어디로 가겠는고

구월 단풍 잎 지듯이 차츰차츰 떨어지고
　　　　새벽 하늘 별 지듯이 삼삼오오 스러지니
가는 길이 어드멘고 어여로 가래질이야
아마도 우리 인생 한바탕 꿈인가 하노라

한참을 이렇게 노래하더니 한 농부가 썩 나서며,
"담배 먹세, 담배 먹세."
하더니, 갈멍덕을 눌러 쓰고 밭두렁으로 나온다. 곱돌로 만든 좋은
담뱃대 넌지시 들어 꽁무니를 더듬더니 담배 쌈지를 빼들고서는 담

──────────

∞ 곱돌 — 기름 같은 광택이 있고 만지면 양초처럼 매끈매끈한 암석과 광물을 통틀어 이르는 말. 납
석(蠟石).

배를 대통에 가득 담아 엄지손가락이 자빠지도록 비비적비비적 단단히 눌러 넣어, 짚불 화로에 푹 찔러서 담배를 피우는데, 담뱃대가 빡빡한지 쥐새끼 소리가 나것다. 양 볼때기가 오목오목, 콧구멍이 발심발심, 연기가 홀홀 나게 피워 물고 나서니, 어사또 말을 건다는 것이 그만 버릇대로 반말이 나간다.

"저 농부 말 좀 물어보면 좋겠구먼."

"무슨 말?"

"이 고을 춘향이가 본관 사또 수청 들어 뇌물을 많이 받아먹고 백성들에게 횡포를 부린단 소문이 사실인가?"

저 농부 열을 내며,

"거기는 어디 사나?"

"아무 데 살든지."

"아무 데 살든지라니. 거기는 눈콩알 귀콩알이 없나? 지금 춘향이는 수청 아니 든다 해서 매를 흠씬 맞고 옥에 갇혔으니 기생 집안에 그런 열녀 세상에 드문지라. 옥결 같은 춘향 몸에 자네 같은 거지 동냥치가 더러운 말 또 지껄이다간 빌어먹지도 못하고 굶어 뒤질걸세. 한양 간 이 도령인지, 삼 도령인지 그놈의 자식은 한번 간 뒤 내내 소식이 없으니 사람 됨됨이가 그렇게 생겨 먹어선 벼슬은커녕 내 좆만도 못하제."

"아니, 그게 무슨 말인고?"

"왜, 이 도령하고 어찌 되나?"

"되기야 어찌 되랴마는 남의 말이라고 너무 함부로 하는구만."

"자네가 철모르는 말을 하니 그렇제."

농부는 말대답을 그만두고 돌아서며,

"허허, 망신이로고. 자, 농부네들 일이나 하세."

"예."

어사또 인사하고 길모퉁이를 돌아드니, 한 아이가 급히 오는데, 지팡이 막대기를 질질 끌면서 시조 절반, 사설 절반 섞어 가면서 중얼거린다.

"오늘이 며칠인고. 천릿길 한양까지 며칠 걸어야 도착하랴. 강을 뛰어넘던 조자룡의 청총마가 있다면 오늘이라도 가련마는. 불쌍하다, 춘향이는 이 서방을 생각하여 옥에 갇혀 목숨이 위태로우니 불쌍하다. 몹쓸 양반 이 서방은 한번 가더니 영영 소식을 끊어 버렸으니, 양반의 도리란 게 원래 그러한가."

어사또 그 말을 듣고,

"얘야, 어디 사니?"

"남원읍에 사오."

"어디 가는 길이냐?"

"서울 가오."

"무슨 일로 가느냐?"

"춘향이 편지 갖고 구관 사또 댁에 가오."

"얘, 그 편지 나 좀 보자꾸나."

"그 양반 철모르는 양반이네."

"그게 무슨 말이냐?"

"글쎄, 내 말 들어 보오. 남의 편지 보는 것도 어려운데 하물며 남의 아녀자 편지를 보자고 한단 말이오?"

"얘야, 내 말 좀 들어 봐라. '편지 전할 행인이 막 떠나려 할 때 봉한 편지 열어서 사연을 확인한다'는 옛말도 있느니라. 좀 보면 어때서 그러느냐?"

"그 양반 몰골은 흉악한데 문자는 꽤 아는 것 같소. 얼른 보고 주시오."

"호로자식이로구나."

어사또 편지 받아 얼른 봉한 것을 떼어 보니,

도련님 보세요. 한번 이별한 후에 오랫동안 소식이 없으니 도련님은 부모님 모시고 편안하신지요. 부디 편안하옵기를 엎드려 바라옵니다. 천한 계집 춘향은 졸지에 곤장을 얻어맞고 감옥에 갇혀 목숨이 위태롭습니다. 죽을 지경에 이르러 저의 혼이 황릉묘에 날아가 저승문까지 들어갔다 나왔으니 귀신들이 출몰하옵니다. 허나 제 몸이 비록 만 번을 죽는다 한들 열녀는 두 남편을 섬기지 않고 정절을 지킬 뿐입니다. 저의 생사와 늙으신 어머니의 신세가 어떻게 될지 모르겠사오니 서방님께서 깊이 헤아려 주옵소서.

마지막에 피로 쓴 시 한 수도 덧붙여져 있다.

지난 해 어느 때에 임을 이별하였던가
엊그제 눈 내리더니 다시 오동잎 지는 가을이 왔구나.
미친 듯 바람 부는 밤 오던 비 눈 같더니
어찌하여 이 몸은 남원 옥중 죄수 되었는가.

∞ 청총마(靑驄馬) — 갈기와 꼬리가 파르스름한 백마.
∞ 편지 전할 행인이 ~ 사연을 확인한다 — 장적(張籍)이 쓴 「추사(秋思)」의 한 구절로, 원문은 '행인임발우개봉(行人臨發又開封)'이다.

바닷가 모래밭에 기러기가 앉듯이 그저 툭툭 찍은 것이 모두 다 애고로다. 어사 보더니 두 눈에 눈물이 그렁그렁 맺혀 방울방울 떨어지니 아이가 보고 이상하여 묻는다.

"아니, 남의 편지 보고 왜 우시오?"

"옛다 애야. 아무리 남의 편지라도 서러운 사연을 보니 저절로 눈물이 나는구나."

"여보, 괜히 인정 있는 체 눈물 흘려서 남의 편지만 찢어졌잖소. 그 편지 한 장 값이 열닷 냥이오. 편지 값 물어내오."

"여봐라, 이 도령이 나와는 죽마고우 친구다. 고향에 볼일 있어 나와 함께 내려오다 전주 감영에 들렀는데, 내일 남원에서 만나기로 약속했으니, 나를 따라가 있다가 그 양반을 뵙도록 해라."

아이는 당장에 얼굴빛을 바꾸더니,

"서울을 저 건너쯤으로 아시오?"

하며 달려들어,

"편지 내오."

하며 달라거니, 안 된다거니 서로 버티고 고집부리며 옥신각신, 옷자락 잡으며 실랑이를 하던 중, 아이가 문득 보니 나그네 허리에 비단 전대가 둘리어져 있는데, 거기 제사그릇 접시 같은 것이 들었거늘 아이가 깜짝 놀라 물러나며,

"아니, 이거 어디서 났소? 찬바람이 나오."

∞ 죽마고우(竹馬故友) — 대나무로 만든 말을 타고 놀던 벗이라는 뜻으로, 어릴 때부터 같이 놀며 자란 벗.

"이놈, 만일 천기를 누설했다가는 목숨을 보전치 못하리라."

어사또 엄한 목소리로 당부하고는 남원으로 들어간다.

꼭꼭 숨겨라, 암행어사 들킬라!

암행어사는 조선 시대에만 있었던 제도입니다. 물론 그전에도 지방 감찰(監察, 감독하여 살핌)을 목적으로 하는 관찰사나 어사가 있었지만, 암행(暗行, 자신의 정체를 숨기고 돌아다님)한 적은 없었습니다. 그럼 왜 조선 시대에 유독 암행어사란 제도가 생겼을까요? 그건 바로 조선 시대 왕들이 왕도정치를 실현하고자 했기 때문입니다. 왕이 백성들을 제 자식처럼 아끼고 살펴야 한다고 생각했기 때문이죠. 그러기 위해서는 백성들이 어떤 어려움을 겪고 있는지, 관리들은 일을 잘 하고 있는지 알아야 했기 때문에, 비밀리에 암행어사를 파견했던 것입니다.

1822년 3월 16일, 암행어사가 되다

승정원에서 임금의 명을 전해 왔다. 입궐하여 임금을 뵈었더니, 손수 봉서 한 통을 주시면서 "지방으로 내려가 잘 했으면 좋겠다."라고 하시었다. 소매 속에 봉서를 넣고 물러나 남대문 밖으로 나왔다. 조용한 곳에서 뜯어 보니 바로 평안남도로 암행어사를 나가라는 명령이었다. 이밖에 사목책 한 권, 마패 하나, 유척 두 개가 있었다. 부족한 사람이 이 무거운 임무를 감당할 수 있을까? 근심 걱정으로 어쩔 줄을 몰랐다. 가족들과 작별 인사도 못하고 급히 떠나야 했다.

1822년 3월 29일, 소경을 만나 점을 치다

가랑비가 내려 비를 피하기 위해 주막으로 들어갔다. 마치 소경이 한 사람 있기에 점을 쳐 보았다. 소경이 말하기를, "손님은 지남철(자석)을 차고 있으니 반드시 지관(地官, 집터나 묏자리를 잡아 주는 사람)일 겁니다. 점괘가 아주 좋으니, 반드시 관서 지방에서 이름을 크게 얻게 될 것입니다. 횡재수도 있으나, 도중에 돈을 다 써 버려야지, 그것을 가지고 가면 안 됩니다."라고 했다. 내가 몸에 마패를 차고 있으니 지관으로 오해를 한 것이었으니 참으로 우스웠다. 먼 길 떠나는 불안함에 점까지 봤으니, 참으로 양반 사대부로서 할 일이 아니로구나. 본래 암행어사는 무척 고된 일이라 젊은 관리를 보내는데, 아무래도 경험 없는 젊은 관리가 지방 수령에게 휘둘리는 일이 많다 보니, 경험 많은 관리를 보내기도 한다. 어쨌든 서울을 떠나온 뒤로 날마다 80~110리씩을 걷다가, 이날은 비가 와 15리를 다녔다.

봉서 - 암행어사의 신분을 나타내는 증표. 임금이 암행어사를 임명할 때 그 신분을 표시하기 위해 사목(事目, 업무에 관하여 정한 규칙), 마패, 유척 등과 함께 주는 증표를 말한다.

마패 - 벼슬아치가 공무로 지방에 나갈 때 역마(역말)를 징발하는 증표로 쓰던 둥근 구리 패. 지름이 10센티미터 정도이며 한쪽 면에는 자호(字號)와 연월일을 새기고, 다른 한쪽에는 말을 새긴 것으로, 어사가 이것을 도장이나 증표로 쓰기도 하였다.

유척 - 놋쇠로 만든 표준 자. 암행어사는 유척 두 개를 받는데, 하나는 형구의 크기를 통일시켜 불법 형구의 사용을 막는 데 쓰고, 또 하나는 도량형을 통일하여 세금 징수를 고르게 하는 데 썼다.

1822년 4월 14일,
기생의 눈은 속이기 어렵구나

종일 비가 오다가 저녁에 조금 갰다. 암행을 하려니 어려운 점이 하나둘이 아니다. 그중에 신분을 숨기는 일이 가장 어렵고 중하다. 오늘은 돈을 좀 마련해 볼까 하고, 수십 자루의 붓을 보자기에 싸서 어깨에 걸머지고, 향청에 들어가, "저는 해주에 살고 있는 사람인데, 묘지 쓰는 일로 송사에 걸려 자산으로 유배가 되었습니다. 다행히 석방이 되기는 하였으나 돌아갈 양식이 없으니 고생이 말도 못할 지경입니다. 마침 붓 수십 자루를 얻어 이걸 팔아 돈을 마련하고자 하니, 좀 팔아 주길 바랍니다."하고 말했다. 허나 앉아 있던 손님들이 모두 고개만 갸우뚱거릴 뿐 사겠다는 사람이 나서지 않았다. 옆에 있던 기생 하나가 빙긋이 웃으며 말하기를, "손님은 손이 곱고, 말씀은 부드럽고 친절하니, 반드시 배가 고파 구걸을 하는 사람은 아닐 것입니다."라고 했다.

암행어사임을 감추기 위해 옷차림을 일부러 허름하게 했건만, 사람을 많이 상대해 본 기생의 눈은 보통이 아니어서, 속이기가 쉽지 않구나. 내 정체를 들키지 않고 과연 임무를 잘 수행할 수 있을지 심히 걱정이로구나.

박문수 선배님……

1822년 5월 13일,
암행어사 출두를 외치다

오전에 일제히 출발하여 황혼녘에 곧장 순안현 관문 밖에
도착했다. 고을의 수령은 마침 산사에 유람을 갔다가
아직 돌아오지 못해서 관속들이 맞이하기 위해 일제히
관문 앞에 모여들었다. 역졸들이 다급한 소리로
어사출두를 외치니 사람들이 두려워 피하는 것이 마치
바람이 불어 우박이 이리저리 흩어지는 것 같았다.
위엄을 갖추고서 동헌에 들어가 자리를 잡았다. 죄인들을
심문하여 벌을 주고 잠자리에 들었다. 오늘이 이번 암행
길에 첫 번째 출두였다. 어사출두는 『춘향전』에 나오는
이몽룡처럼 시끌벅적하게 하는 것이 아니다. 나처럼
단호하고 위엄 있게 하면 되는 것이다. 그나저나 앞으로
몇 번이나 더 출두를 해야 할까? 이날 50리를 다녔다.

1822년 5월 29일,
창고를 봉하여 닫았다

사흘 전에 개천에서 어사출두를 외치고, 어제까지 업무 조사를 했다. 오늘은 아침 일찍 일어나 창고마다 봉하여 닫았다. 창고를 봉하는 일은 잘 없는데, 지난 순안에 이어 오늘 두 번째로 봉고(封庫, 창고를 봉하다)를 했다. 암행어사의 주요한 권한이 바로 봉고파직(封庫罷職, 어사나 감사가 못된 짓을 많이 한 고을의 원을 파면하고 관가의 창고를 봉하여 잠그는 것)인데, 아직 파직은 한 번도 없었다. 오늘 90리를 다녔다.

1822년 6월 30일,
할머니와 이야기를 나누다

은산과 북창 앞에 있는 강을 건너다 소낙비를 만나 길가에 있는 집에 들어갔다. 어린애가 젖을 달라고 울자, 주인 할머니가 달래면서 말하기를, "울지 마라, 울지 마라! 어사가 오신다!" 한다. 내가 어사인 걸 알고 하는 말이 아니라, 어린애 울음 그치게 하려고 겁주는 말이었다. 내가 말하기를, "어사라고 하는 것이 범인가, 곰인가? 무엇 때문에 그처럼 두려워하는 것이오?" 하고 묻고는, 다시 내가 말하길, "어사는 관리들의 수탈과 민생의 고통을 살피는 자이니, 그렇다면 곧 죄가 있는 자는 비록 두려워할 수 있으나, 죄 없는 자는 어찌 두려워할 것이 있겠소?" 하니, 그 할머니가 말하길, "지금 세상에 어찌 죄 없는 사람이 있겠습니까? 한번 암행어사의 행차 소식이 있은 뒤로는 읍이나 마을을 따질 것 없이, 관속들이며 토호들도 숨을 죽이게 됩니다. 제 소원은 어사가 평생토록 두루 다녔으면 하는 것인데, 그렇게 되면 가난한 마을에 사는 힘없는 백성들도 그 덕택으로 살게 될 것입니다."라고 했다. 묵묵히 물러나오며, 이것만 봐도 암행어사의 행차가 없어서는 안 되겠다는 것을 알 수 있었다. 이날, 70리를 다녔다.

1822년 7월 28일,
암행을 마치고 임금을 뵙다

드디어 암행을 마치고 대궐로 들어가 임금을 뵈었다. 서계(書啓, 조선 시대에, 임금의 명령을 받은 벼슬아치가 일을 마치고 그 결과를 보고하기 위하여 만들던 문서)와 별단(別單, 서계에 덧붙이는 문서나 인명부)을 바쳤다. 임금이 말씀하기를, "시킨 일은 빠진 것 없이 다 했는가?" 하시니, 일어났다 엎드리면서 아뢰기를, "정성과 힘이 미친 곳에는 감히 빠트린 곳이 있을 수 없습니다." 하니, 임금께서 물러가라 명령하시므로 드디어 물러나왔다. 이렇게 1822년 3월 16일부터 7월 28일까지, 장장 126일 동안 평안남도 암행어사로 활동하며, 총 21개 고을을 조사했으며, 그중 어사출두는 총 8회, 봉고 2회, 거리로 따지면 총 4915리(최대 2654킬로미터, 1리를 0.5킬로미터로 계산)를 다녔다. 정말 고단했으나 뜻 깊은 일이었다.

옥에 갇힌 춘향을 만나다

박석고개 올라서서 사방을 둘러보니 산도 옛날 보던 그 산
이요, 물도 옛날 보던 그 물인지라. 남문 밖에 썩 내달아,

"광한루야 잘 있더냐, 오작교야 무사하냐."

객사 앞의 푸르디 푸른 버드나무는 나귀 매고 놀던 데요, 시냇가
맑은 물은 내 발 씻던 물이로다. 푸른 나무 우거진 저 넓은 길은 내
오가던 그 길이로구나.

오작교 다리 밑에 빨래하던 여인들이 계집아이들과 서로 섞여 앉
아,

"애들아."

"왜야?"

"애고애고, 불쌍터라, 춘향이가 불쌍터라."

"모질더라, 모질더라, 우리 사또 모질더라."

"절개 높은 춘향이를 힘으로 겁탈하려 하지만 철석같은 춘향 마음 죽는 것을 두려워할까."

"무정터라, 무정터라, 이 도령이 무정터라."

이렇듯 저희끼리 떠들어 대며 추적추적 빨래를 하니 그 모양이 꽃 피는 봄날 다리 위에 걸터앉아서 물속에 비친 그림자와 노닐던 팔선녀 같다마는, 양소유가 없으니 누구를 찾아 거기 앉았는고.

어사또 다시 광한루에 올라 자세히 살펴보니, 해는 서산으로 기울고 새들은 숲으로 날아드는데, 건너편에 보이는 버드나무는 우리 춘향 그네 매고 오락가락 노닐던 옛 모습 그대로라 어제 본 듯 반갑도다. 동쪽을 바라보니 우거진 푸른 숲 사이 춘향 집이 저기로구나. 저 안의 동산은 예전 모습 그대로건만 지금 우리 춘향이는 험한 감옥에 갇혀 울고 있구나. 불쌍하고 가련하다.

황혼 무렵 이 도령이 춘향이 집 앞에 도착하니 행랑채는 무너지고, 몸채도 여기저기 벗겨지고, 옛날에 보던 벽오동나무조차 바람을 못 이기어 추레하게 서 있거늘, 나지막한 담장 밑의 백두루미는 여기저기 함부로 쏘다니다가 어디서 개한테 물렸는지, 깃털은 다 빠지고 다리는 징금 끼룩거리며 뚜루룩 울음 울고, 대문 앞의 누렁개는 기운 없이 졸고 있다가 낯익은 손님도 몰라보고 컹컹 짖으며 야단이다.

"요 개야 짖지 마라. 주인 같은 손님이다. 너의 주인은 어디 가고 네가 나와 반기느냐."

중문을 바라보니, 내 손으로 쓴 글자 충성 충(忠) 자 뚜렷한데,

이제 보니 가운데 중(中) 자는 어디 가고 마음 심(心) 자만 남아 있고, 입춘 때 써 붙인 글귀는 동남풍에 펄럭거리며 쓸쓸한 마음을 더욱 북돋는구나.

안으로 들어서니 안채는 적막한데, 춘향 어미가 춘향이한테 가져다 줄 미음을 끓이고 있는 중이다. 미음솥에 불 넣으며,

"이년 팔자 복이 없어 일찌감치 부모 잃고, 중년에 남편 잃고, 말년에 딸 하나 바랐더니, 원수 같은 이 서방 때문에 딸년 신세 저 지경이 되었으니 이를 어찌하잔 말인고? 애고애고, 내 일이야. 모질도다, 모질도다, 이 서방이 모질도다. 내 딸은 목숨이 위태롭건만 영영 잊고 소식조차 없구나. 애고애고, 서러워라. 향단아, 이리 와 불 좀 넣어라."

하고 나오더니 울타리 옆을 흐르는 개울물에 흰머리 감아 단정히 빗어 내리고 정화수 한 동이를 단 아래 받쳐 놓고 땅에 엎드려 빌고 또 빈다.

"천지의 신이여, 해와 달과 별님이시여, 한마음으로 굽어보옵소서. 우리 외딸 춘향이를 금쪽같이 길러 내어 외손 제사 바랐더니, 죄 없이 매를 맞고 감옥에 갇히어서 살려 낼 길 없나이다. 천신이여 지신이여, 제 기도 받고 감동하시어 한양성 이몽룡을 입신출세시키시어 내 딸 춘향 살려 주옵소서."

춘향 어미 빌기를 마치더니,

"향단아, 담배 한 대 붙여 다오."

춘향 어미 담배 받아 입에 물고 '후유' 한숨 눈물 지을 때 먼발치에서 그 모습을 지켜보던 이 도령 춘향 어미 정성 보고,

"내가 벼슬한 것이 조상님 덕인 줄 알았더니 이제 보니 우리 장모

덕이로구나."

하고는 안으로 들어선다.

"그 안에 누구 있나?"

"뉘시오?"

"날세."

"나라니 뉘신가?"

이 도령 안으로 들어가며,

"이 서방일세."

"이 서방이라니? 옳지, 이 풍헌 아들 이 서방인가?"

"허허, 장모 망령 났나? 나를 몰라, 나를?"

"자네가 뉘기여?"

"사위는 백년손님이라 했는데 어찌 나를 모른단 말인가?"

그 말에 춘향 어미 뛸 듯이 반기며,

"애고애고, 이게 웬일인고. 어디 갔다 인제 왔나? 바람이 거세더니 바람결에 날려 왔나, 구름이 솟아오르더니 구름 속에 싸여 왔나, 춘향이 소식 듣고 살리려고 와 계신가. 어서어서 들어가세."

이 도령 손을 잡고 들어가서 촛불 앞에 앉혀 놓고 자세히 살펴보니 거지 중에 상거지가 되어 있지 않은가. 춘향 어미 기가 막혀,

"아니, 이게 웬일인가?"

"양반 잘못되는 게 한순간이니 말로 다 할 수가 없네그려. 그때 올라가서 벼슬길 끊어지고 집안 재산도 탕진하여, 아버지는 훈장 질 하시고 어머니는 친정으로 가시고 뿔뿔이 다 갈라져서, 나는 춘향이한테 내려와 돈푼이나 얻어 갈까 했는데, 와서 보니 두 집 형편이 모두 말이 아닐세."

춘향이를 살릴 수 있는 유일한 길이라 믿었던 사위가 그 꼴로 나타나니 춘향 어미 하도 기가 막혀,

"뭐가 어쩌고 어째? 이 무정한 사람아, 한 번 이별한 후로 소식조차 없더니 이제 와 그런 말이 어디 있단 말인가. 뒷날 기약 바랐더니 자알 되었네그려. 쏘아 놓은 화살 되고 엎질러진 물이 되니 누굴 원망하고 누굴 탓할까만은 내 딸 춘향이는 어쩔 텐가?"

홧김에 달려들어 코를 물어뜯으려고 하니,

"내 탓이지, 코 탓인가? 장모가 나를 몰라보네. 하늘이 무심하다 해도 풍운조화와 천둥 번개는 있는 법이네. 언젠가는 구름도 일어나고 천둥도 치지 않겠는가?"

갈수록 태산이라 춘향 어미 더욱 기가 막혀,

"저 말하는 것 좀 보소. 양반이 잘못되니 말 가지고 못된 장난치네."

어사또 춘향 어미의 마음을 떠보려고,

"시장해 죽겠네. 나 밥 한술만 주소."

춘향 어미 밥 달라는 말을 듣고,

"밥 없네."

어찌 밥이 없을까마는 홧김에 하는 말이다.

이때 향단이 감옥 갔다 나오더니, 저희 마님 야단 소리에 가슴이 두근두근, 정신이 월렁월렁, 정처 없이 들어가서 가만히 살펴보니 서방님이 오셨구나. 어찌나 반갑던지 우루루 들어가서,

"향단이 문안이오. 대감님 대부인 마님 평안히 잘 계시오며 서방님도 먼 길에 편안히 오셨습니까?"

"오냐, 고생이 많지?"

"소녀는 별 탈 없이 잘 지내옵니다. 아씨 아씨 큰아씨, 마오, 마오,

그리 마오. 멀고 먼 천릿길을 누굴 보려고 오셨겠소? 아기씨가 아시면 야단날 것이니 너무 괄시 마옵소서."

그러고는 얼른 부엌으로 들어가더니 먹던 밥에 풋고추, 절인 김치, 양념 넣고 단간장에 냉수 가득 떠서 상에 받쳐 드리면서,

"더운 진지 할 동안에 시장하실 터이니 우선 요기나 하옵소서."

어사또 눈을 반짝반짝 빛내며,

"밥아, 너 본 지 오래로구나."

하더니, 밥상에 달려들어 있는 것 다 한데 붓더니 숟가락은 채 건드리지도 않고 손으로 이리저리 뒤섞어 한편으로 몰아치더니 마파람에 게 눈 감추듯 순식간에 먹어 치운다. 그 꼴을 본 춘향 어미가 어처구니없다는 표정으로 비꼬듯이 한마디를 툭 던진다.

"얼씨구, 밥 빌어먹는 데는 아주 이골이 났구나."

이때 향단이는 저희 아기씨 신세를 생각하니 오장이 무너지는 듯 크게 울지는 못하고 자그맣게 흐느낀다.

"어쩔거나, 어쩔거나. 도덕 높은 우리 아기씨를 어떻게 살리시려오? 어쩔거나, 어쩔거나."

향단이 우는 모습을 본 이 도령이 저도 기가 막혀 달랜다.

"여봐라 향단아, 울지 마라, 울지 마라. 너희 아기씨가 설마 살지, 그럼 죽을쏘냐? 사람 행실이 지극하면 사는 날이 있느니라."

춘향 어미가 이 말을 듣고는,

"애고, 양반이라고 오기는 있어서. 대체 자네가 어쩌다 이 꼴이 되었나?"

향단이 하는 말이,

"우리 큰아씨 하는 말은 조금도 마음에 담아 두지 마세요. 나이

많아 노망한 중에 이런 변을 당해서 홧김에 하는 말이니 노하지도
마세요. 자, 더운 진지 잡수시오."

어사또 밥상 받고 생각하니 분한 마음이 하늘을 찌르는 듯, 마음
이 울적하고 오장이 울렁거려 도무지 밥맛이 없다.

"향단아, 상 물려라."

담뱃대를 툭툭 털며,

"이보게 장모, 춘향이나 좀 봐야지."

"그러지요. 서방님이 춘향이를 안 보아서야 어디 인정이라 하오
리까."

향단이 여쭈오되,

"지금은 문을 닫았으니 파루 치거든 가세요."

이때 마침 파루를 뎅뎅 치는구나.

향단이는 미음상 이고 한 손에 등불을 들고, 어사또는 뒤를 따라
감옥 문에 도착하니 인적 없이 고요한 것이 옥사장이도 어디 갔는
지 그 모습이 보이지 않는다.

이때 춘향이 꿈인 듯 생시인 듯 서방님이 오셨는데 머리에는 금관
이요 몸에는 붉은 비단옷이라. 오매불망 그리던 그 모습에 춘향이
와락 목을 끌어안고 온갖 정회를 풀고 있는 중인지라, 옆에서 "춘향
아." 하고 부른들 대답이 있을 리 없다.

어사또 춘향 어미를 돌아보며,

"크게 한번 불러 보소."

∞ **파루(罷漏)** — 조선 시대에, 서울에서 통행금지를 해제하기 위하여 종각의 종을 서른세 번 치던 일.

"모르는 말씀이오. 여기서 동헌이 코앞인데 큰 소리 냈다가 사또가 깨기라도 하면 곤란해지니 잠깐 기다리소서."

"뭐 어때? 사또가 뭘 어쩐다고 그러오? 내가 불러 볼 테니 가만있소. 춘향아!"

부르는 소리에 춘향이 깜짝 놀라 일어나,

"허허, 이 목소리가 잠결인가 꿈결인가. 그 목소리 괴이하다."

어사또 기가 막혀,

"내가 왔다고 말 좀 하소."

"갑자기 자네 왔다는 말을 하게 되면 저 애가 기절해서 간 떨어질지 모르니 가만히 있소."

이렇듯 장모 사위가 실랑이를 벌이고 있는데, 춘향이 제 어머니 목소리를 듣고 깜짝 놀라,

"아니, 어머니. 어찌 오셨어요? 몹쓸 딸자식 때문에 이렇게 다니다가 넘어지기라도 하면 어쩌시려고 그러세요? 다음부턴 오지 마오."

"내 걱정은 하지 말고 너나 좀 정신 차리거라. 왔다."

"오다니 누가 와요?"

"그저 왔다."

"답답하여 나 죽겠소. 일러 주오. 꿈속에서 임을 만나 온갖 정회를 풀었는데, 혹시 우리 서방님한테서 무슨 기별 왔소? 언제 오신다는 소식이라도 왔소? 벼슬 얻어서 내려온다는 공문 왔소? 아이고 답답하여라."

"네 서방인지 남방인지 거지 하나 내려왔다."

"허허, 이게 웬 말인가. 서방님이 오시다니, 꿈속에 보던 임을 생

204

시에 본단 말인가?"

춘향이 목에 칼을 찬 채 무릎으로 달리듯이 기어와 문틈으로 어사또 손을 잡더니 숨이 막혀 한동안 말도 못하고 있다가 겨우 정신 차려 말한다.

"애고, 이게 누구시오. 아마도 꿈이로다. 그리워도 못 보던 임을 이리 쉽게 만날 줄은 생각도 못했다오. 이제 죽어도 여한 없네. 어찌 그리 무정한가. 팔자도 기박하구나 우리 모녀. 서방님 이별 후에 자나 깨나 앉으나 누우나 임 그리워 오시기만을 기다리다 한이 되었는데, 내 신세 이리 되어 매 맞아 죽게 되니 날 살리려고 오시었소?"

한참 이리 반기다가 이 도령 모습 자세히 살펴보니 그 꼴이 말이 아닌 것이, 한심할 지경이라. 춘향이 크게 놀라,

"여보 서방님, 이게 웬일이오? 내 몸 하나 죽는 건 서러운 마음 없소만 서방님이 어쩌다 이 꼴이 되셨단 말이오?"

"춘향아, 너무 서러워 마라. 예부터 사람 목숨은 하늘에 달려 있다 하였으니, 설마 네가 죽기야 하겠느냐?"

"불쌍하고 불쌍하구나. 그사이에 우리 서방님 오죽이나 굶었을까?"

서럽고 답답하여 멍하니 있던 춘향이 제 어머니를 불러 차근차근 말을 한다.

"칠 년 큰 가뭄에 목마른 백성들이 비를 기다리던 그 심정이 나처럼 간절했을까. 심은 나무가 꺾어지고 공든 탑이 무너졌네. 가련하다, 이내 신세 하릴없이 되었구나. 어머님 나 죽은 후에라도 원이나 없게 하여 주옵소서. 나 입던 비단 장옷 봉황 장롱 안에 들었으

니 그 옷 내다 팔아다가 한산 세모시로 바꾸어서 물색 곱게 도포 짓고, 하얀 비단 긴 치마도 되는대로 팔아다가 갓, 망건, 신발 사 드리고, 은비녀, 밀화장도, 옥가락지도 함 속에 들었으니 그것도 팔아다가 서방님 속저고리랑 속바지 허술하지 않게 챙겨 주세요. 곧 죽을 년이 세간 두어 무엇 할까. 용 장롱, 봉황 장롱 빼닫이도 되는대로 팔아다가, 좋은 반찬 마련해서 서방님 진지 대접하오. 나 죽은 후에라도 나 없다 마시고 날 본 듯 서방님을 잘 섬겨 주오."

이번에는 이 도령 손을 잡고 당부하기를,

"서방님, 제 말 잘 들으시오. 내일이 본관 사또 생일이라 사또가 술에 취해 망령 나면 나를 불러 또 칠 것이니, 이미 맞은 자리에 맷 독 올랐으니 손발인들 놀릴쏜가. 온갖 근심 걱정으로 헝클어진 머 리 이렁저렁 걷어 얹고, 이리 비틀 저리 비틀 들어가서 매 맞아 죽 거들랑, 서방님이 삯꾼인 체 달려들어 둘러업고 우리 둘이 처음 만 나 놀던 부용당의 적막하고 고요한 데 뉘어 놓고, 서방님이 손수 염습하되, 나의 혼백 위로하여 입은 옷은 벗기지 말고 양지바른 데 묻었다가, 나중에 서방님 귀하게 되어 벼슬길에 오르거든 잠시도 두지 말고 다시 염습하여 조촐한 상여 위에 덩그러니 실은 후에 북 망산천 찾아갈 때, 앞뒤 남산 다 버리고 한양으로 올려다가 선산 발치에 날 묻어 주고, 비문에 새기기를 '수절원사 춘향지묘'라 이 여덟 자만 새겨 주오. 이내 몸 죽어 가서 망부석이 되겠구나. 서산 에 지는 해는 내일 다시 오련마는 불쌍한 춘향이는 한 번 가면 어 느 때 다시 올까. 가슴깊이 맺힌 이 원통함이나 풀어 주오. 애고애 고, 내 신세야. 불쌍한 우리 어머니 나를 잃고 가산마저 탕진하면 하릴없이 거지 되어 이 집 저 집 구걸하며 다니다가, 언덕 밑에서

조속조속 졸다가 그대로 잦아져 죽게 되면 지리산 갈가마귀가 두 날개를 떡 벌리고 두둥실 날아들어 까옥까옥 두 눈을 다 파먹은들 어느 자식 있어 '후여' 하고 날려 줄까."

춘향이 서럽게 울자 어사또는,

"춘향아 울지 마라. 하늘이 무너져도 솟아날 구멍이 있다고 하지 않더냐. 네가 나를 어찌 알고 이리도 서러워하느냐."

어사또 춘향이와 작별하고 집으로 돌아온다.

춘향이는 어두침침 한밤중에 번갯불 보듯 잠시 잠깐 서방님을 보고는 다시 감옥에 홀로 남게 되니, 앞날의 자기 신세가 더욱 슬퍼 탄식하여 하는 말이,

"하늘이 사람을 낼 때에는 후한 운명과 박한 운명이 따로 없이 공평하게 내셨건만 무슨 죄 있어 내 신세 이리도 박절할까. 이팔청춘에 임 보내고 모진 목숨이 살아 있어 이 형벌 이 매질을 받다니 웬일인고. 옥중 고생 서너 달 동안 우리 임 오시기만을 바랐더니, 이제는 임의 얼굴 보았으나 희망이 없구나. 내 몸 죽어 저승에 돌아간들 옥황님께 무슨 말로 자랑하리."

애고애고 슬피 울다 저절로 지치고 맥이 빠져 반쯤 죽은 듯 널브러지는구나.

∞ 염습(殮襲) — 시신을 씻긴 뒤 수의를 갈아입히고 염포(殮布, 염습할 때 시체를 묶는 베)로 묶는 일.
∞ 수절원사 춘향지묘(守節寃死(春香)) — '절개를 지키다 억울하게 죽은 춘향의 묘'라는 뜻이다.
∞ 망부석(望夫石) — 정조를 굳게 지키던 아내가 멀리 떠난 남편을 기다리다 그대로 죽어 화석이 되었다는 전설적인 돌. 또는 아내가 그 위에 서서 남편을 기다렸다는 돌.

암행어사 출두요!

어사또 춘향 집에서 나와 그날 밤을 새기로 하고 문 안과 문 밖 여기저기 동정을 살피고 다닌다. 그러다 길청에 가 들으니 이방이 아랫사람 불러 말하기를,

"여보소, 들으니 이번에 온 어사가 서대문 밖 이씨라 하더니, 아까 삼경에 등불 켜 들고, 춘향 어미 앞세우고 다 떨어진 옷에 헌 갓 쓰고 남루하게 차린 손님이 아무래도 수상하지 않소? 내일 본관 사또 잔치 끝에 아무 탈 없도록 십분 조심하소."

어사 그 말을 듣고는,

"그놈들 알기는 아는구먼."

하고, 또 장청에 가 들으니 우두머리 군관 거동 보소.

"여러 군관님네, 아까 감옥 거리 서성이던 거지가 실로 괴이하더구먼. 아무래도 어사인 것 같으니 어사 용모 적은 것 내놓고 자세히 좀 보소."

어사또 속으로,

'그놈들 전부 귀신이로구만.'

하고 또 다시 현사에 가 들으니 호장 역시 같은 말을 한다.

이렇게 육방 염탐을 마친 후에, 춘향 집으로 돌아와서 그 밤을 다 새운다.

이튿날, 날이 밝았다. 아랫사람의 아침인사를 받고 난 이웃 읍의 수령들이 남원으로 모여들기 시작한다. 운봉 영장, 구례, 곡성, 순창, 옥과, 진안, 장수 원님이 차례로 모여 든다. 왼쪽에는 우두머리 군관, 오른쪽에 명령을 전달하는 사령 앉히고, 한가운데 앉은 변 사또는 생일잔치의 주인공이 되어 하인 불러 이것저것 분부한다.

"음식 담당을 불러 다과상 올려라. 육고자 불러서 큰 소 잡고, 예방 불러 악공 대령하고, 승발 불러 천막을 대령하라. 사령 불러 잡인 출입 금하도록 하라."

이렇듯 요란한 가운데 온갖 깃발들이 펄럭펄럭 휘날리고, 삼현육각 음악 소리는 공중에 떠다니고, 초록 저고리에 붉은 치마를 입은 어여쁜 기생들이 하얀 손 비단 치마 높이 들어 춤을 춘다. 지화자,

---

∞ 길청(-廳), 장청(將廳), 현사(縣司) — 길청은 '군아(郡衙)에서 구실아치가 일을 보던 곳', 장청은 '군아(郡衙)와 감영(監營)에 속한 장교가 근무하던 곳', 현사는 '호장(戶長)이 일을 보던 곳'

∞ 영장(營將) — 진영장(鎭營將). 조선 시대에 둔, 각 진영(鎭營)의 으뜸 벼슬.

∞ 육고자(肉庫子) — 지방 관청에 소고기를 바치던 관노.

∞ 승발(承發) — 지방 관아의 구실아치 밑에서 잡일을 맡아보던 사람.

두둥실 하는 소리에 어사또 마음이 심란하구나. 문밖에서 어슬렁 거리던 어사또 혼잣말을 한다.

"이 노름이 고름이 되렸다. 저 노름이 얼마나 오래 가나 한번 보자. 어찌되었든 잘 논다. 아주 잘 노는구나. 이따가 보아라. 내 솜씨에 네놈들 전부 똥을 쌀 것이다."

그러고는 잔칫상 앞으로 가서 크게 말한다.

"여봐라 사령들아, 너희 사또께 여쭈어라. 먼 데서 온 걸인이 마침 좋은 잔치 자리에 왔으니 술이나 좀 얻어먹자고 여쭈어라."

사령 하나가 놀란 얼굴로 황급히 뛰어나와 어사또 등을 밀쳐 낸다.

"어느 양반인진 모르지만 우리 사또께서 거지는 절대 들이지 말라 하셨으니 그런 말은 입도 벙긋 하지 마오."

운봉 영장이 그 거동을 유심히 지켜보다가 뭔가 짐작되는 것이 있는지 변 사또에게 청하기를,

"저 거지가 복장은 너절해도 양반의 후예인 듯하니 저 끝자리에 앉히고 술이나 한잔 먹여 보냄이 어떠하오?"

변 사또는 마지못해 허락하면서도,

"운봉 소견대로 하오마는……."

하니, 말끝을 흐리는 모양새가 사납다.

어사또 속으로,

'오냐, 도적질은 내가 하마. 오랏줄은 네가 받아라.'

하고 뇌까리고 있는데 운봉이 분부하되,

"저 양반 드시라고 해라."

어사또 들어가 단정히 앉아 좌우를 살펴보니, 대청마루의 모든

수령들이 상다리가 부러지도록 푸짐하게 차린 잔칫상을 앞에 놓고 진양조 느린 가락의 풍류를 즐기고 있다. 그런데 어사또 상을 보니 분한 마음이 들지 않을 수 없다. 모서리가 떨어진 개다리소반에 달랑 닥나무 젓가락 하나, 콩나물에 깍두기, 막걸리 한 사발이 전부였던 것이다. 심술 난 어사또, 상을 발길로 탁 차서 엎지르더니 운봉의 갈비를 가리키며,

"갈비 한 대 먹읍시다."

"아, 전부 다 잡수시오."

운봉이 좌중을 둘러보며 기분 좋은 듯 하는 말이,

"이런 잔치에 풍류로만 놀아서는 그 맛이 적은 법이지요. 운(韻)을 따서 시 한 수씩 지어 보면 어떻겠소?"

"좋다. 그 말이 옳구나."

모두들 좋다 하니, 운봉이 운을 내는데, 높을 고(高) 자, 기름 고(膏) 자, 두 자를 내놓고서 차례로 운을 달아 시를 짓는다. 이때 어사또 하는 말이,

"이 사람도 어려서 한시깨나 읽었소이다. 좋은 잔치 맞아 맛있는 술이며 안주며 배불리 먹고서 그냥 가면 염치없으니 한 수 하겠소이다."

운봉이 반갑게 듣고 붓과 벼루를 내어 주니, 다른 사람들이 미처 다 짓기도 전에 순식간에 시 한 편을 써 내려간다. 백성들의 형편과 본관 사또의 형태를 생각하며 지었겠다.

금준미주는 천인혈이요,
옥반가효는 만성고라.

촉루낙시에 민루낙이요,
가성고처는 원성고라.

뜻을 풀이하면,

금 술잔의 향기로운 술은 일만 백성의 피요,
옥쟁반의 맛있는 안주는 일만 백성의 기름이라.
촛농이 떨어질 때 뭇 백성들의 눈물도 떨어지고,
노랫소리 높은 곳에 원망 소리도 높더라.

이렇게 시를 지어 보여 주니 술 취한 변 사또는 그게 무슨 뜻인지
도 모르는데, 운봉은 가슴이 덜컹 내려앉는다.
"아뿔사, 일이 났구나."
시를 짓고 난 어사또가 유유히 물러나자마자 운봉이 공형 불러
분부하되,
"야야, 큰일 났다."
공방 불러 돗자리 단속, 병방 불러 역마 단속, 관청색 불러 다과
상 단속, 옥사장 불러 죄인 단속, 집사 불러 형벌 기구 단속, 형방
불러 서류 단속, 사령 불러 숙직 단속, 한참 이렇게 분주한데, 눈치
없는 변 사또는,
"여보, 운봉은 어딜 그리 다니시오?"

∞ 금준미주는 ~ 원성고라 ― 원문은 '金樽美酒千人血 玉盤佳肴萬姓膏 燭淚落時民淚落 歌聲高處怨
聲高'.

"오줌 누고 들어오오."

그때 이미 거나하게 술이 취한 변 사또 부하들에게 분부하되,

"여봐라, 춘향을 빨리 불러 올려라!"

하니, 드디어 술주정이 시작되는구나.

이때 어사또 부하들에게 눈짓으로 신호를 보내니, 서리 중방 역졸 불러 단속을 하는데, 이리 가며 수군, 저리 가며 수군수군. 서리 역졸 거동 보소. 외가닥 실로 짠 좋은 망건에 비단 갓싸개, 새 패랭이를 눌러 쓰고, 석 자나 되는 발감개에 새 짚신 신고, 한삼 고의 산뜻 입고서 육모방망이를 사슴 가죽 끈으로 매달아 손목에 걸어 쥔다. 그러한 차림새로 여기서 번쩍, 저기서 번쩍 하니 남원읍이 술렁술렁.

바로 그때, 청파 역졸들이 달처럼 크고 둥근 마패를 햇볕 같이 번뜻 들고,

"암행어사 출두야!"

외치는 소리에 그만 강산이 무너지고 천지가 뒤집어지는 듯하니 산천초목 짐승들도 벌벌 떤다.

남문에서,

"출두야!"

북문에서,

"출두야!"

동문에서도, 서문에서도 출두 소리 높푸른 하늘에 천둥

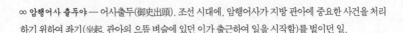

∞ **암행어사 출두야** — 어사출두(御史出頭). 조선 시대에, 암행어사가 지방 관아에 중요한 사건을 처리하기 위하여 좌기(坐起, 관아의 으뜸 벼슬에 있던 이가 출근하여 일을 시작함)를 벌이던 일.

치듯 진동하고,

"공형 들라!"

외치는 소리에 육방이 넋을 잃어,

"공형이오."

서둘러 나오는데 등나무 채찍으로 휘닥닥 치니,

"애고 나 죽는다."

"공방, 공방."

공방이 자리 들고 들어오며,

"예, 공방이오. 안 하려는 공방 하라더니 저 불 속에 어찌 들어가랴."

들어오는 공방을 등나무 채찍으로 휘닥닥 치니,

"애고, 박 터졌네."

좌수 별감 넋을 잃고, 이방 호장은 혼이 빠지고, 삼색 옷 입은 나졸들이 분주하네. 모든 수령들이 헐레벌떡 도망가는데 그 모습이 가관이로다. 도장통 잃고 유과 들고, 병부 잃고 송편 들고, 탕건 잃고 용수 쓰고, 갓 잃고 밥상 쓰고, 칼집 쥐고 오줌 누기, 부서지니 거문고요, 깨지나니 북과 장구라.

각 읍의 수령들이 서로 부딪히며 쥐 숨듯이 달아날 때 임실 현감은 갓을 옆으로 쓰면서,

"이 갓 구멍은 누가 막았는고?"

전주 판관은 정신없는 중에 말을 거꾸로 타고는,

"이 말은 원래 목이 없느냐? 어찌됐건 빨리나 가자."

여산 부사는 어찌나 겁이 났던지 상투를 쥐구멍에 박고는 하는 말이,

"누가 날 찾거든 벌써 갔다고 일러라."

이러한 소동 중에 변 사또는 똥을 싸고 멍석 구멍에 숨어든 새앙쥐처럼 눈을 가늘게 뜨고서 안채로 들어가서,

"어, 추워라. 문 들어온다, 바람 닫아라. 물 마르다, 목 들여라."

이런 말을 내뱉고 있을 때, 음식 담당 아전은 상 대신 문짝 이고 도망가니, 서리 역졸 달려들어 후다닥 친다.

"애고, 나 죽네."

이때 어사또 분부하되,

"여기는 내 아버님께서 계시던 고을이다. 소란을 금하고 객사로 처소를 옮겨라."

어사또 자리를 정해 앉은 뒤에,

"본관 사또 변학도는 봉고파직하라."

분부하니 그 말을 받아,

"본관은 봉고파직이오."

그 내용을 사대문에 방으로 붙이고, 옥 형리 불러 분부하되,

"옥에 갇힌 죄수들을 다 데리고 오너라."

하니, 옥 형리가 죄인들을 데려오는데, 각각 죄를 물은 후에 죄 없는 사람들은 모두 풀어 준다. 그때 어사또 목에 칼을 쓴 채 오도카니 앉아 있는 춘향이를 가리키며,

"저 계집은 무엇이냐?"

형리가 여쭈오되,

∞ 봉고파직(封庫罷職) — 어사나 감사가 못된 짓을 많이 한 고을의 원을 파면하고 관가의 창고를 봉하여 잠금. 또는 그런 일.

"기생 월매의 딸이온데, 관청에서 포악한 죄로 옥중에 있습니다."

"무슨 죄인고?"

형리 다시 아뢰기를,

"본관 사또 수청 들라 불렀더니 수절이 정절이라 하며 수청 아니 들고 수령에게 악을 쓰며 대든 춘향이로소이다."

어사또 서릿발 같은 목소리로 분부하되,

"너만 한 년이 수절한다고 관가에 포악하였으니 어찌 살기를 바라겠느냐? 죽어 마땅하도다. 대신 내 수청을 든다면 목숨은 살려 주겠다. 어떠냐? 내 수청은 들겠느냐?"

춘향이 기가 막혀,

"남원 땅 내려오는 관장마다 모두 명관이로구나. 어사또 들으시오. 층암절벽 높은 바위가 비바람 분다 한들 무너질 것이며, 청송녹죽 푸른 나무가 눈이 온들 변하리까. 그런 분부 마옵시고 어서 빨리 죽여 주오."

하더니 향단이를 돌아보며,

"향단아, 서방님 어디 계신가 보아라. 어젯밤 옥 문 앞에 오셨을 때 천만 당부를 드렸건만 어디를 가셨는지 나 죽는 줄도 모르시나 보다."

어사또 뭉클해지는 마음을 숨기며 다시 분부하되,

"얼굴 들어 나를 보라."

"보기도 싫고 말씀 상대하기도 어렵사오니 바삐 죽여 소녀의 원을 이루게 하소서."

어사가 목소리를 누그러뜨리고 다시 분부하되,

"아무리 보기 싫어도 잠깐만 눈을 들어 자세히 보라."

춘향이 고개를 들어 살펴보니, 어젯밤 거지 차림으로 감옥에 왔던 낭군이 어사또 되어 높은 자리에 앉아 있구나. 춘향이 반 웃음 반 울음에,

얼씨구 절씨구 좋을시고.
어사 낭군 좋을시고.
남원 읍내 가을 되어 떨어지게 되었더니
객사에 봄이 들어 봄바람에 핀 오얏꽃이 날 살리는구나.
꿈이냐 생시냐, 꿈을 깰까 두렵구나.

한참 이리 즐기고 있을 때 춘향 어미가 들어온다. 월매는 불쌍한 자기 딸 죽기 전에 마지막으로 미음이나 떠먹이려고 미음 그릇을 들고 들어서는 참이었다. 아무것도 모르는 월매, 삼문을 넘으며 탄식을 늘어놓는다.

"이년아, 네가 그렇게 정절 지켰다고 이름을 죽백에 올리겠느냐? 애고애고, 서러워라. 이런 설움 또 있으랴. 만고 충신 굴원은 멱라수에 빠져 죽고, 백이숙제는 수양산에서 굶어 죽었으니 마땅히 열녀 되려면 상강에라도 빠져 죽어야 마땅치 않겠느냐?"

이렇게 울고불고 할 적에, 관리들이 달려와 축하의 말을 전한다.

"세상에, 이렇게나 신기하고 기쁜 일이 어디 있겠소?"

∞ 층암절벽(層巖絶壁) — 몹시 험한 바위가 겹겹으로 쌓인 낭떠러지.
∞ 죽백(竹帛) — 서적(書籍) 특히, 역사를 기록한 책을 이르는 말. 종이가 발명되기 전에 대쪽이나 헝겊에 글을 써서 기록한 데서 생긴 말이다.

춘향 어미 되묻기를,

"이 말이 어찌된 말인고?"

마음에 이상하여 삼문 틈으로 머리를 조금 들이밀고 안을 들여다
보다가 오 리만큼 펄쩍 뛰어나와 미음 그릇을 십 리만큼 던져 버리
고 손뼉 치며 외친다.

"뭐라고? 암행어사가 우리 사위라고? 아이고 춘향아, 이제 우리
모녀 살았다, 살았어! 얼싸 좋구나. 하늘 아래 이런 귀한 일도 있는
가? 밀화갓끈에는 산호격자가 제격이요, 노인 상투엔 불구슬이 제
격이고, 터진 방앗공이엔 보리알이 제격이요, 눈 아픈 안질엔 노란
수건이 제격이요, 기생 딸 춘향에겐 어사 서방 제격이요, 춘향 어
미에겐 어사 사위 과분하구나. 이게 대체 참말이냐, 헛말이냐? 어
찌 즐겁게 않으리."

춘향 어미가 둥실둥실 궁둥이를 흔들고 춤을 추면서 강동강동 뛰
어온다.

모녀가 이리 함께 즐거워하며 서로 부둥켜안고서 기쁨을 나누니
그 끝을 모를 듯하다.

어사또 예방에게 큰 잔치 열도록 분부하고 춘향과 더불어 즐기
니, 두 사람의 기쁨과 슬픔이 뒤섞여 하루 종일 노니는 듯하다. 모
진 고초를 이겨 낸 춘향의 높은 절개가 광채 있게 되었으니 어찌
아니 좋을쏜가.

열
일
곱

춘향, 정렬부인 되어 이 도령과 백년해로하다

이렇게 모든 일을 처리한 이 도령은 춘향 모녀와 향단이를 서울로 데려가는데, 그 행차가 어찌나 찬란한지 보는 이마다 감탄하며 칭찬해마지 않았다.

고향땅 남원을 떠나려니, 비록 영화롭고 귀하게 되어 떠나는 것이건만 그래도 춘향이 마음에는 한편으로는 기쁘고 한편으로는 슬픔이 어린다.

"놀고 자던 부용당아, 너 부디 잘 있거라. 광한루, 오작교며 영주각도 잘 있거라. '봄풀은 해마다 푸르건만 임은 한번 가서 돌아오지 않는다'라더니, 나를 두고 한 말 아니던가. 저마다 이별이니 부디 만수무강 하옵소서. 다시 보기 아득하구나."

어사또 전라 좌, 우도의 여러 고을을 다니며 백성들 사는 형편을 두루두루 살핀 후에 서울로 올라가 임금 앞에 머리 조아리고, 그동안의 사연들을 상세하게 임금께 보고하니 임금이 듣고 놀라며,

"허허, 자고로 수절한 여인이야 많지만 기생 신분으로 금석처럼 수절한 자는 매우 드문 일 아닌가. 참으로 아름답고 아름답도다."

하시고는 춘향이를 정렬부인으로 봉하시고, 몽룡에게는 즉시 이조 참의, 대사성을 봉하시니, 몽룡은 임금의 은혜에 머리 숙여 감사드린 후, 부모님을 뵈니 모두 임금의 은혜에 감사하며 축복을 내리시더라.

∞ 봄풀은 해마다 ~ 돌아오지 않는다 — 왕유의 시 「산중송별(山中送別)」에서 가져옴.

이몽룡은 이조 판서, 호조 판서, 좌의정, 우의정, 영의정 다 지낸 뒤 벼슬에서 물러 나와 정렬부인 춘향과 더불어 백년해로하였다. 춘향에게서 아들 셋, 딸 둘을 두었으니, 모두들 그 총명함이 아버지보다 나아 대대로 일품 벼슬을 지내며 영원토록 이름을 전하더라.

소설도 인기 최고, 영화도 인기 최고!

영화 〈춘향전〉

소설 「춘향전」은 우리 조상들이 가장 사랑한 문학작품 가운데 하나입니다. 「춘향전」은 단순히 소설로만 인기가 있었던 것이 아니라, 영화, 드라마, 만화로도 큰 인기를 얻었습니다. 특히 영화로 만들어진 「춘향전」은 일제강점기부터 현재까지 총 16편이나 되고, 방자나 향단이를 주인공으로 내세운 작품도 여러 편이 됩니다. 여기에 「춘향전」을 모티프로 한 작품까지 하면 거의 30편 정도 되는 영화가 만들어졌습니다. 「춘향전」의 인기는 작품 수에서만 나타난 것이 아닙니다. 영화를 찍을 때마다 춘향 역할을 누가 할 것인지가 사람들 사이에 큰 관심거리가 되었다고 합니다. 춘향 역할은 언제나 당대 최고의 여배우가 맡아서 했기 때문이죠. 자, 그럼 어떤 영화들이 있는지 한번 살펴볼까요?

1923년 〈춘향전〉 - 조천고주
첫 번째 영화는 일본인 감독 조천고주가 찍었는데, 내용은 소설 「춘향전」의 기본 줄거리와 같다. 등장인물의 대사, 음향 효과 따위의 소리가 없이 영상만으로 된 무성영화로 개봉 후 단 8일 만에 관객 만 명을 동원하는 큰 흥행을 했다고 한다.

1935년 〈춘향전〉 - 이명우
두 번째 영화는 한국 최초의 유성영화(화면과 함께 소리가 나오는 영화)로, 음향기술이나 작품의 완성도 면에서는 부족한 점이 여럿 있었지만, 이 영화 역시 상영 시작 후 2주 만에 제작비를 다 뽑았을 만큼 흥행을 기록했다고 한다. 줄거리는 소설과 같다.

〈춘향전〉 (1935)

〈춘향전〉 (1955)

1955년 〈춘향전〉 - 이규환
1955년 1월 6일 국도극장에서 개봉하여 2개월간의 장기 흥행 기록을 세움으로써, 한국 영화계에 사극영화 바람을 일으켰다고 한다. 당시 이몽룡 역할을 맡은 배우 이민에 따르면 개봉 첫날 관객이 너무 많아 유리창이 깨지는 등 온통 아수라장이었다고 한다.

1961년 〈춘향전〉과 〈성춘향〉 - 홍성기와 신상옥

1960년부터 진행된 홍성기 감독과 신상옥 감독의 「춘향전」 경쟁은 당시 한국 영화계를
뜨겁게 달군 화젯거리였다. 홍성기는 김지미에게 춘향 역할을 맡겼고, 신상옥은 최은희에게
춘향 역할을 맡겼다. 1961년, 홍성기는 〈춘향전〉이란 이름으로, 신상옥은 〈성춘향〉이란
이름으로 영화를 개봉한다. 개봉 시기는 〈춘향전〉이 〈성춘향〉보다 일주일 빨랐지만, 결과는
〈성춘향〉의 승리였다. 〈성춘향〉의 화려한 칼라와 당시 최고의 스타였던 주인공들(최은희,
김진규)의 매력에 관객들이 손을 들어준 것이다.

〈성춘향〉(신상옥, 1961)

〈춘향〉(1968)

1968년 〈춘향〉 - 김수용

이 당시 영화계에서는 오디션을 통해 주인공을 공개 모집하는 일이 드물었다.
그런데 이 작품은 주인공을 뽑기 위해 오디션을 진행했고, 춘향 역할에만 2000여 명이
도전했다고 한다. 춘향 역에는 홍세미가 뽑혔다. 그런데 이 영화는 과대광고로 물의를
일으키기도 했다고 한다. 영화 개봉 즈음에 '한국영화 최초의 70mm 대형영화'라고
홍보했다가 거짓으로 밝혀지자 그냥 '대형영화'라고 홍보 문구를 바꾸었다는 것이다.

1976년 〈성춘향전〉 - 박태원

지금도 활발하게 활동하고 있는 배우 이덕화와 장미희가 주인공으로 나온 영화이다. 당시
신인 탤런트였던 장미희는 이 영화를 통해 스타로 발돋움한다.

2000년 〈춘향뎐〉 - 임권택

한국 영화계의 거장이라 하는 임권택 감독의 작품으로, 영화 속 배우들보다 영화감독이 더
유명한 작품이다. 임권택 감독은 이 작품에서 판소리의 리듬감을 시각적으로 구현하기 위해
많은 노력을 했는데, 특히 방자가 이 도령의 분부에 따라 그네 타는 춘향을 찾아가는 장면에서
판소리 장단과 방자의 몸짓이 자연스레 어우러지면서 관객들의 흥을 돋운다.

〈춘향뎐〉(2000)

기타

「춘향전」의 줄거리를 그대로 가져온 영화가 있는가 하면, 〈방자와 향단이〉(이형표, 1972)
처럼 시대 배경도 현대로 바꾸고, 내용도 살짝 바꿔서 만든 영화도 있고, 〈방자전〉(김대우,
2010)처럼 춘향과 이 도령이 아닌 방자를 주인공으로 내세운 영화도 있다. 또 〈한양에서 온
성춘향〉(이동훈, 1963)처럼 「춘향전」 이후의 이야기를 다룬 영화도 있다.

영화 속에서 춘향 역을 맡은 여배우들

| 조미령 | 최은희 | 김지미 | 홍세미 | 문희 | 장미희 | 이효정 | 조여정 |
| '춘향전'(1955) | '성춘향'(1961) | '춘향전'(1961) | '춘향'(1968) | '춘향전'(1971) | '성춘향전'(1976) | '춘향뎐'(2000) | '방자전'(2010) |

『춘향전』 깊이 읽기
운명까지 바꾼 진정한 사랑 이야기

이야기의 힘

이탈리아 북부의 아름다운 도시 베로나(Verona)에는 해마다 수많은 관광객들이 몰려듭니다. 물론 이것은 베로나의 야외극장에서 열리는 오페라 페스티벌 때문이지만, 그것만이 전부는 아닙니다. 이 관광객들은 문학작품 속에 등장하는 한 인물의 자취를 따라 이곳에 온 것이기도 하니까요. 그 인물은 바로 셰익스피어가 쓴 희곡 「로미오와 줄리엣」에 나오는 주인공 줄리엣입니다. 이곳에 있는 줄리엣의 집을 보기 위해 전 세계에서 하루 평균 오천 명의 사람들이 베로나로 몰려들고 있습니다. 소설 속의 주인공일 뿐인 줄리엣. 물론 그 집도 작가 셰익스피어가 작품의 무대로 삼았던 집일 뿐입니다. 그런데 왜 하루에 오천 명이나 되는 사람들이 이곳을 찾는 것일까요? 우리는 여기서 이야기가 지닌 위대한 힘을 느낄 수 있습니다.

이야기 중에서도 사랑 이야기는 그 힘이 더욱 강력합니다. 드라마가 방영된 지 오래 되었음에도, 수많은 일본 관광객들이 아직도 드라마 〈겨울 연가〉의 촬영지인 남이섬을 찾아오고 있는 것을 보면 그 사실을 실감할 수 있지요.

자, 그럼 이제 「춘향전」의 무대인 남원으로 향해 볼까요? 지리산이 병풍처럼 둘러싸고 있으며 맑고 잔잔한 요천이 시내 중심지를 가로질러 흐르는 아름다운 고장 남원. 수려한 경치에 기후도 온화하고 음식까지 맛있어서 많은 여행자들이 찾는 곳입니다. 그렇다면 남원을 찾는 관광객들이 가장 즐겨 찾는 곳은 어디일까요? 바로 소설 「춘향전」의 무대인 광한루입니다. 조선 중기에 지어졌으며 우리나라 4대 누각의 하나로 알려진 광한루! 물론 광한루는 멋진 건축물입니다. 하지만 광한루가 「춘향전」의 무대가 아니었다면 지금과 같은 사랑을 받을 수 있었을까요?

그뿐이 아닙니다. 남원 시내에서 멀지 않은 산기슭에는 춘향이의 무덤까지 있습니다. '만고열녀 성춘향지묘(萬古烈女 成春香之墓)'라는 글자가 새겨진 묘비까지 어엿이 세워진 이 춘향묘에 많은 이들의 발길이 끊이지 않는 것을 보면, 무덤 속이 텅 비어 있다는 사실 따위는 별로 중요하지 않는 것 같습니다. 중요한 것은 춘향이와 이 도령의 사랑 이야기이지요. 19세기에 유행했던 이야기가 몇 백 년이 지난 지금까지도 그 인기가 시들지 않는 걸 보면 이야기가 지닌 강력한 힘을 새삼 느끼게 됩니다.

사랑 이야기 속에 숨어 있는 강렬한 사회의식

「춘향전」은 물론 사랑 이야기입니다. 하지만 여기에는 단순히 '사랑'만 있는 것이 아닙니다. 죽음을 무릅쓰고서라도 지키고자 하는 인간의 도리, 변 사또로 대표되는 지배계급에 대한 민중들의 저항 의식, 암행어사 출두로 인해 이루어지는 부패 관리에 대한 응징과 변 사또가 벌을 받는 결말로 이어지는 권선징악적 요소 등, 다양한 내용들이 사랑 이야기 속에 맛깔나게 담겨 있습니다.

먼저 이 도령이 서울로 떠난다 했을 적에 춘향이 울면서 신세 한탄하는 대목을 한번 살펴볼까요?

독하도다 독하도다, 서울 양반 독하도다. 원수로다 원수로다, 존비귀천 원수로다. 천하에 다정한 게 부부 사이 정이건만 이렇듯 독한 양반 이 세상에 또 있을까. 애고애고, 내 일이야. 여보 도련님, 춘향 몸이 천하다고 함부로 버리시면 아무 탈 없을 줄 아오?

조선 시대의 엄격한 신분 차별 구조 속에서 숨죽여 살았을지언정, 민중들의 가슴속에는 그 사회를 원망하고, "아무 탈 없을 줄 아오?"라며 이를 악물던 저항 정신이 숨어 있었습니다. 그래서 신분상의 갈등이 표출된 「춘향전」을 읽으며 서민들은 대리만족을 맛보기도 했을 것입니다. 춘향이가 매 맞는 장면은 또 어떠한가요?

　이때 남원 땅 한량이며 남녀노소 사람들이 소문 듣고 모두 모여 구경할 때, 좌우의 한량들이 입을 모아 하는 말이,
　"모질구나, 모질구나, 우리 고을 원님이 모질구나. 저런 형벌, 저런 매질이 왜 있단 말이냐. 매 치는 저 사령 놈 낯짝 똑똑히 익혀 두어라. 삼문 밖으로 나오면 당장에 잡아 죽이리라!"
　보고 듣는 사람들 모두 이렇게 서러워하며 눈물 흘리지 않는 이가 없었다.

　탐관오리들로부터 숱한 압박과 수탈을 당했던 백성들이 「춘향전」을 읽었다면 둘의 알콩달콩한 사랑 이야기보다 오히려 이 도령이 암행어사로 내려와 못된 벼슬아치들을 혼내 주는 장면에서 더 큰 감동을 느끼지 않았을까요? 이 도령이 사또의 잔치 자리에서 써 내려간 명시, "금 술잔의 향기로운 술은 일만 백성의 피요, / 옥쟁반의 맛있는 안주는 일만 백성의 기름이라. / 촛농이 떨어질 때 뭇 백성들의 눈물도 떨어지고, / 노랫소리 높은 곳에 원망 소리도 높더라."를 읽으며 얼마나 통쾌했을까요?
　춘향이 수청을 거부하여 매를 맞고 고초를 당하자, "매 치는 저 사령 놈 낯짝 똑똑히 익혀 두어라. 삼문 밖으로 나오면 당장에 잡아 죽이리라!" 하고들 분노하는 군중들의 마음 역시 지배층의 횡포에 맞서 춘향이와 함께 저항하고 싶어 했던 마음의 표현이었습니다. 그래서 「춘향전」은 애정

소설이라는 점에 그 뿌리를 두고 있지만 사회 소설의 성격도 가지고 있다 할 수 있는 것입니다.

말의 아름다움, 말의 즐거움

말의 아름다움, 말의 즐거움을 맛볼 수 있는 것 또한 「춘향전」을 읽는 묘미 중 하나입니다. 거지꼴로 월매 앞에 나타난 이 도령이, "밥아, 너 본 지 오래로구나." 하며 허겁지겁 밥을 먹는 모습이라든지, 이 도령 왔냐는 춘향의 말에, "네 서방인지 남방인지 거지 하나 내려왔다."라고 대답하는 월매의 대사는 해학적이면서 우리말의 감칠맛을 느끼게 해 줍니다. 또 천자문풀이 장면을 보면, 글자 하나로 이렇듯 재미나게, 오래 놀 수 있다는 사실에 감탄하지 않을 수 없습니다. 춘향이 잡혀가 매 맞는 장면도 마찬가지입니다.

두 번째 매를 딱 치니,
"이부절을 아옵는데, 불경이부 이내 마음 이 매 맞고 죽어도 도련님은 못 잊겠소."
세 번째 매를 딱 치니,
"삼종지도 지엄한 법 삼강오륜 알았으니, 세 차례 매질에 귀양살이 할지라도 삼청동 우리 낭군 이 도령은 못 잊겠소."

여러 편의 한시들과 이야기 중간 중간 끊임없이 등장하는 중국 고사들도 글 읽는 재미와 멋을 한껏 느끼게 해 줍니다.

높고 맑은 오작의 배 위에

광한루 옥계단 층층이 놓였구나
묻노니 하늘의 직녀는 누구더냐
오늘은 흥에 겨운 내가 곧 견우로다

광한루에 오른 이 도령이 오작교를 바라보며 흥에 취해 지은 시입니다. 또 춘향의 모습이 얼마나 아름다웠는지, 이 도령의 마음속에 떠오른 생각을 잠시 엿볼까요?

돛 없는 작은 배 타고 오호에서 범소백을 따라간 서시가 여기 올 리 없고, 해성 달밤에 슬픈 노래로 초패왕과 이별한 우미인도 올 리 없고, 천자와 이별하고 오랑캐 땅으로 간 뒤 홀로 푸른 풀 돋아난 무덤에 누웠으니 왕소군도 올 리 없고, 장신궁 깊이 닫고 「백두음」 읊조리던 반첩여가 올 리도 없고, 아침마다 소양궁에서 왕의 시중들고 오니 조비연도 올 리 없으니, 저 여인은 도대체 누구란 말이냐? 낙포 선녀인가, 무산 선녀인가?

서시, 우미인, 왕소군, 반첩여, 조비연은 모두 중국 고사에 나오는 빼어난 미인들의 이름입니다. 가끔 방송에서 해 주는 중국 역사 드라마를 보아도 서시나 우미인, 왕소군 들의 이름은 심심치 않게 볼 수 있습니다.
　이렇게 우리말과 한자를 넘나들면서 말의 유희를 이루는 장면들은 정말이지, 작품을 읽지 않고는 도저히 맛볼 수 없는 재미와 즐거움 중 하나입니다.
　이렇듯 다채로운 요소들이 어우러져 이야기의 흥미를 드높여 주고 있는 모양은 마치 여러 빛깔의 구슬들을 한 접시에 좌르르 쏟아 놓은 것 같은 느낌을 받게 해 줍니다.

이처럼 내용뿐 아니라 형식면에서도 「춘향전」은 매우 다양한 모습을 보여 주고 있습니다. 판소리로 구전되었던 까닭도 있겠지만, 다른 판소리계 소설에 비해서 「춘향전」의 판본이 유독 많았던 것은 그만큼 인기가 많았다는 증거 아닐까요?

연애 고수에서 사랑의 승리자로!

「춘향전」의 이야기를 흥미진진하게 엮어 나가는 데에는 '춘향'이란 캐릭터가 가진 매력이 큰 몫을 하고 있습니다. 춘향이가 양반집 도령을 만나 신분을 초월한 사랑을 한다는 점은, 요즘도 텔레비전에서 자주 보여 주는 신데렐라 이야기류의 드라마와 별로 다르지 않습니다. 그런데 중요한 점은 춘향이의 성격과 태도입니다. 춘향이는 그저 얼굴이 예쁘고 착하다는 이유로 잘생기고 부자인 재벌 2세의 사랑을 받는 다른 드라마 속 여자 주인공들과는 아주 많이 다릅니다.

얼굴 잘생기고, 집안 좋고, 학문도 깊고, 거기다 풍류까지 아는 이 도령도 처음에는 춘향이를 그저 기생의 딸로 여겨 자기 마음대로 다룰 수 있을 거라고 생각합니다. 그래서 방자를 보내 춘향이를 부릅니다. 하지만 춘향이는 만만한 여자가 아닙니다. 사또 아들이 부르는 데도 못 간다고 딱 부러지게 대답하고는 집으로 돌아와 버리지요. 이 첫 만남부터가 예사롭지 않습니다. 조선 시대는 엄격한 신분 사회입니다. 안타깝지만 춘향이는 천한 기생의 딸이고, 이 도령은 양반인 고을 사또의 아들입니다. 그러니 이 도령이 부르면 냉큼 달려가야 하는 구조인 것이죠. 하지만 춘향이는 방자가 다시 집으로 찾아와, "내가 너를 기생으로 알아서가 아니다."라는 이 도령의 말을 전해 듣고 난 후에야 마지못한 듯 몸을 움직입니다. 비로소 이 도령의 얼굴을 보게 된 춘향이 역시 잘생긴 그에게 반하지만 결코 쉽게 마음을 표현하지는 않습니다. 집에 가야 한다며 금방 일어나 버리지요. 결국 아쉬움을 못 이긴 이 도령이 직접 춘향의 집으로 찾아가기에 이르지요. 진정 '밀당의 고수'인 우리의 주인공입니다.

그런데 여기서 그쳤다면 우리는 춘향이를 그저 그런, 얼굴 예쁘고 남자들한테 인기 많은 요조숙녀일 뿐이라 생각했을 것입니다. 이들에게 이별이 닥치면서 춘향이의 진정한 캐릭터가 나오는 것이지요. 시도 잘 짓고, 바느질도 잘 하고, 얌전하여 요조숙녀로 불리던 춘향이는 이 도령이 이별을 통보하자 백팔십도 변하게 됩니다.

춘향이 이 말을 듣더니 갑자기 얼굴빛이 확 변하며 머리를 흔들고 눈을 돌리는데, 눈을 간잔지런하게 뜨고 눈썹이 꼿꼿해지면서 코는 벌렁벌렁, 이를 뽀드득뽀드득 갈며 온몸을 수숫잎 틀 듯하고는 매가 꿩 차는 듯하고 앉더니,
"허허, 이게 웬 말이오."
왈칵 뛰어 달려들어 치맛자락도 와드득 좌르륵 찢어 버리고, 머리카락도 와드득 쥐어 뜯어내서는 싹싹 비벼 그걸 이 도령 앞에다 휙 내던지면서,
"뭐가 어쩌고 저째요? 이별이오? 지금 이별이라 하시었소? 다 쓸데없다, 이것들도 다 쓸데없어."

남성 중심의 봉건적 사회였던 조선 시대의 이별 의식이라면 여자는 보통 고개를 푹 숙이고, 옷고름으로 눈물을 찍어 내며 울음을 꾹 참고, '도련님의 행복만을 빌겠어요. 어쩌고저쩌고……' 하는 것이 보통이겠지

238

요. 하지만 춘향이는 이런 우리의 상상을 완전히 뒤집어 놓습니다. 이별을 애틋해하던 소녀가 '널 데려가지 못한다.'는 연인의 말 한마디에 어쩌면 이리도 표독스럽게 달라질 수 있을까요? 김소월의 시 「진달래꽃」 속의 그 유명한 한 구절, "나 보기가 역겨워 / 가실 때에는 / 죽어도 아니 눈물 흘리오리다." 같은 정서가 바로 한국적 이별의 정서라 배웠는데, 춘향이의 이러한 행동을 보면 오히려 현대 여성보다도 더 당당하고 적극적입니다. 남자를 위해 희생하다가 버림받고, 포기하고, 체념하는 우리나라 근대소설 속 여자 주인공들보다 춘향이가 훨씬 더 현대적으로 보이는 것도 당연한 일입니다. 결국 자신을 한양으로 데려가겠다는 이 도령의 다짐을 받고 나서야 그를 보내 주는 춘향이를 보면 결코 열여섯 살 어린 소녀로 보이지 않을 정도입니다.

이렇듯 적극적이고 용감한 춘향이의 성격은 이후 닥쳐 온 변 사또와의 대결 속에서 더욱 확연히 드러납니다. 그 고을에서 으뜸가는 권력자인 변 사또. 사또의 아들이었던 이 도령과는 또 다른 신분상의 차이가 있음에도 불구하고, 춘향이는 그에게 정면으로 맞섭니다. 변 사또의 회유에도, 협박에도, 나중에는 목숨을 위협하는 매질에도 춘향이는 굴복하지 않습니다.

그토록 기다려 왔던, 자신을 죽음에서 구해 줄 유일한 희망이라 여겼던 이 도령이 장원급제는커녕 거지 중에 상거지가 되어 눈앞에 나타났는데도, 원망하기는커녕 그를 욕하고 비난하는 어머니를 향해 자신의 세간을 팔아 그에게 좋은 옷을 해 입히고, 맛난 음식을 해 먹이라고 설득합니다. 과거의 철없는 사랑이 어느덧 성숙한 사랑으로 변한 것입니다. 상처를 통해 아름다운 진주를 생산해 내는 진주조개처럼 고통을 통해서 춘향이의 사랑은 더욱 깊어졌고, 억압받는 현실 속에서 정신은 더 강인해진 것입니다.

사람의 성격은 그 사람의 생각이 만든다고 합니다. 춘향이가 마음속에 품고 있던 자유로움과 사랑에 대한 믿음, 부당한 것에 맞설 줄 아는 그 정신이 춘향이의 성격을 만들었고, 그 성격으로 인해 그녀는 새로운 운명을 써 나간 것입니다. 양반집 도령의 노리개가 되어 한순간에 버려질 수도 있었을 '만남'을, 자신을 귀하게 대접하도록 인식시키고, 상대방에게 '사랑에는 책임이 따른다'는 사실을 가르쳐 주었을 뿐 아니라, 자신 또한 스스로가 선택한 사랑에 책임을 지기 위해 고난 앞에 몸을 던지는 그런 삶을 선택한 것입니다.

그런 면에서 춘향이는 그저 '밀당' 잘하는 연애의 고수라든가, 예쁘고 착하기만 한 캐릭터가 아니라, 당당하고 책임감 있는, 고난 앞에 무릎 꿇지 않고 용감히 맞서 싸울 줄 아는, 결국에는 자신의 사랑을 쟁취하여 자신의 운명까지 바꿔 낸 진정한 사랑의 승리자가 아닐까요?

『춘향전』을 읽고 나서

나도 이야기꾼!

❶ 『춘향전』을 제대로 읽고 난 뒤, 많은 사람들이 춘향이의 전혀 새로운 모습에 큰 충격을 받습니다. 여러분은 어떠셨나요? 『춘향전』을 읽기 전에 생각했던 춘향이의 모습과 읽고 나서 알게 된 춘향이의 모습이 어떻게 달라졌는지 적어 보고, 가장 놀랐던 춘향이의 모습도 적어 봅시다.

	『춘향전』을 읽기 전	『춘향전』을 읽고 난 뒤
성격		
행동		
가장 놀랐던 모습		

❷ 종종 『춘향전』과 비교되는 고전 작품 중에 셰익스피어가 지은 희곡 「로미오와 줄리엣」이 있습니다. 청춘 남녀의 사랑 이야기라는 점과 두 작품 모두 주인공들의 사랑을 가로막는 장애물이 있다는 점 등이 비슷합니다. 하지만 다른 점도 많습니다. 무엇이 비슷하고 무엇이 다른지 아는 대로 정리해 봅시다.

	비슷한 점	다른 점
1		
2		
3		
4		

❸ 만약 춘향이가 변 사또의 협박에 못 이겨 수청을 받아들었다면 이야기는 어떻게 달라졌을까요? 아니면 이 도령이 가짜 거지가 아니라 진짜 거지가 되어 돌아왔다면 또 이야기는 어떻게 됐을까요? 이렇게 『춘향전』의 결말은 등장인물의 상황이 바뀌는 순간 전혀 다른 방향으로 나아가게 되는데요, 자, 그럼 여러분이 한번 그 결말을 써 보세요.

1) 춘향이가 변 사또의 협박에 못 이겨 수청을 받아들였다면?

2) 이 도령이 과거에 낙방하고 진짜 거지가 되어 돌아왔다면?

242

❹ 이 도령이 변 사또의 생일잔치 자리에서 지은 시는 변 사또 같은 탐관 오리들 때문에 고통을 겪어야 했던 당시 백성들의 형편을 잔칫날이라는 상황을 활용해서 잘 풀어 낸 작품입니다. 이 시의 형식과 내용을 흉내 내서 요즘 세태를 비판하는 내용으로 모방시를 지어 봅시다.

금 술잔의 향기로운 술은 일만 백성의 피요,
옥쟁반의 맛있는 안주는 일만 백성의 기름이라.
촛농이 떨어질 때 뭇 백성들의 눈물도 떨어지고,
노랫소리 높은 곳에 원망 소리도 높더라.

_____

_____

_____

_____

❺ 인터넷에서 판소리 「춘향가」를 찾아서 들어 보고, 그중 가장 마음에 드는 노래 하나를 골라서 친구에게도 들려 줘 봅시다.

'이야기 속 이야기'의 내용을 더 알고 싶다면?

『나는 기생이다』, 정병설, 문학동네, 2007

『말하는 꽃 기생』, 가와무라 미나토, 소담출판사, 2002

『복식』, 조효순, 대원사, 1989

『서수일기』, 박래겸, 푸른역사, 2013

『역사스페셜 5』, KBS역사스페셜, 효형출판, 2003

『의식주, 살아 있는 조선의 풍경』, 한국고문서학회, 역사비평사, 2006

『조선시대 생활사 1』, 한국고문서학회, 역사비평사, 1996

『조선시대 생활사 2』, 한국고문서학회, 역사비평사, 2000

『조선의 일상, 법정에 서다』, 한국고문서학회, 역사비평사, 2013

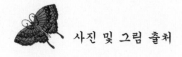

사진 및 그림 출처

· 남원 문학기행

　사진 – 남원시청, 광한루원, 한국향토문화 전자대전 '디지털 남원문화대전'

· 조선 상류층의 옷차림과 장신구

　사진 – 서울역사박물관 전시 도록, 『우리 옷 이천 년』(미술문화),

　　　『복식』(대원사)

　그림 – 간송미술관 소장

· 조선시대 기생의 삶

　그림 – 간송미술관 소장

· 평안도 암행일지

　사진 – 『민족문화대백과사전』(한국정신문화연구원),

　　　『궁중 유물』(대원사)

· 영화 〈춘향전〉

　포스터 – 한국영화데이타베이스

　사진 – 한국영상자료원 · 열화당